小鹿斑比

Bambi, a Life in the Woods

費利克斯·薩爾登 著　梅靜 譯　Agathe Xu 繪

Contents
目　　　　錄

小鹿斑比

Bambi, a Life in the Woods

CHAPTER 1

❖

　這片隱密而狹小的林中空地看似四通八達，其實每一處都遮蔽得很好。小鹿就誕生在這處剛好夠他和媽媽容身的地方。

　他支撐著細弱的腿，搖搖晃晃地站在那裡，一雙朦朧的眼睛雖然什麼也看不見，但仍迷茫地望著前方。接著，他低下頭，渾身顫抖，一副完全不知所措的模樣。

　「多漂亮的小傢伙啊！」一隻喜鵲驚訝道。

　她剛好飛過這裡，被鹿媽媽生產時低沉的呻吟聲吸引，於是降落到附近的一根樹枝上。「多美的小傢伙啊！」她又感嘆了一次。雖然沒得到回應，她還是喋喋不休地繼續說，「他竟然一出生就能站起來，還會走路，真是太神奇了，太有趣了！我這輩子還是頭一次見到這種事！當然，你或許會說，才離家一年，我還很年輕呢。不過，我依然覺得這種事真奇妙。一個剛剛誕生的孩子，竟然馬上就會走路！真是不同凡響！說真的，我覺得，你們鹿做的每件事都不平凡！他現在就能跑嗎？」

　「當然，」鹿媽媽有氣無力地回答，「不過，抱歉，我現在還不能跟你聊天。我有好多事要做，頭也有點暈。」

「哦，不用為了我這麼麻煩，」喜鵲說，「我也很忙，但這麼稀奇的事，畢竟不是每天都看得到。你想一想，這種事發生在我們身上，那多麻煩！小喜鵲剛破殼而出時，一動也不動，只能無助地躺在巢裡，嗷嗷待哺。我得再說一次這個詞：『嗷嗷待哺』！這點，你恐怕無法感同身受。餵他們可真是件辛苦的事啊，照顧他們也麻煩得很。只要想一想，替孩子們找食物吃就夠累了，還得時刻警惕，怕他們有什麼危險。離開了你，他們就是完全無助的小朋友，不是嗎？他們要過多久才能自由行動，才能長出羽毛，有個喜鵲的模樣啊！」

「不好意思，」鹿媽媽說，「你說什麼？我沒注意聽。」

喜鵲飛走了。「愚蠢的傢伙，」她心想，「很盡責，但就是太蠢。」

鹿媽媽並未注意喜鵲已經飛走。她繼續熱衷於清洗新生的寶寶，用舌頭舔舐小鹿，溫柔地愛撫他全身。

在鹿媽媽溫柔的來回舔舐下，小鹿微微晃動著身體，終於累積了足夠的力氣，穩穩地站住了。他那身紅色小外衣還有點亂蓬蓬的，但已能看出漂亮的白色斑點。而那張迷茫又稚嫩的小臉，仍透著濃濃的睡意。

母子們周圍是一片榛樹叢，還有山茱萸、黑刺李和一叢叢小接骨木。高高的楓樹、山毛櫸和橡樹在這片灌木叢上方織起一方碧綠的穹頂。堅實的深褐色土地上，冒出一片片蕨草、林生野豌豆和鼠尾草。它們下方正在怒放的紫羅蘭舒展著葉子，跟剛剛開始結果的野草莓葉子一起貼著地面四處蔓延。

晨曦透過稠密的樹葉，灑下一張金色大網。森林裡迴盪著各種各樣的聲音，交錯相融，最終匯成一曲愉快而激動的樂章。畫眉不停地歡唱，鴿子「咕咕」，烏鶇「嘰嘰」，黃鸝囀鳴，山雀啁啾。這大合唱中，還夾雜著松鴉飛過時吵吵鬧鬧的大叫，喜鵲嘲弄的回應和野雞尖銳響亮的「咯咯」聲。偶爾，啄木鳥一聲高昂的尖叫，就立刻蓋過其他所有聲音。而獵鷹的尖嘯嘹亮又極具穿透力，悠長輕盈地掠過樹梢。此外，烏鴉沙啞的合唱也不絕於耳。

這些歌聲、呼喊和對話，小鹿一句也聽不懂。他甚至根本沒在聽，也沒注意飄在林間的任何氣味。他的耳中，只有媽媽溫柔的舔舐聲。媽媽不停地舔著他的外衣，替他清洗身體，溫暖地親吻他。除了媽媽芳香的體味，他什麼也沒聞到。媽媽

的味道真好聞啊，令他不禁又朝媽媽依偎得更緊了些。接著，他急切地四處尋找起來，終於找到那能滋養生命的源泉。

　　小鹿貪婪地吸吮時，鹿媽媽依舊愛撫著他，喃喃輕喚：「斑比。」每過一下子，她就抬起頭，聽聽周圍的動靜，嗅嗅風中的氣味。然後，她又吻吻小鹿，愉快而安心。

　　「斑比，」她一次又一次地喚道，「噢，我的小斑比。」

CHAPTER 2

✣

　　初夏時節，樹木靜靜地矗立在藍天下，舒展枝椏，盡情享受著燦爛的陽光。大樹下的灌木叢裡，花兒競相開放，紅的、白的、黃的，宛如一顆顆小星星。有些花又開始冒出種莢。纖細的枝頭立著數不清的小種莢，看似柔嫩，卻掛得牢牢的，彷彿一個個握緊的小拳頭。地面上也冒出大片大片的鮮花，讓原本晦暗的林地如靜謐的星空般璀璨，閃耀著繽紛熱烈的喜悅之光。空氣中充滿新鮮樹葉、繁花、濕土和新木的味道。破曉或黃昏時分，整片林子會響起無數種聲音。從早到晚，蜜蜂嗡嗡、黃蜂低吟，讓這片靜謐的芬芳充滿它們連綿的絮語。

　　斑比生命中最初的日子，便是這副景象。他跟著媽媽，走在一條貫穿叢林的狹窄小路上。走著走著，心情真愉快啊！厚厚的樹葉輕輕拂過他的身體，又軟軟地彎向一旁。小路似乎處處都是阻礙，但他們還是能輕鬆自如的不斷前進。這樣的小路到處都是，縱橫交錯地遍佈整座森林。媽媽對它們非常熟悉。每當斑比停在一片綠牆般難以穿越的灌木叢前，媽媽都毫不遲疑，也不用搜尋，就能找到通過的路。

　　斑比邊走邊提問，他很喜歡向媽媽提問。無論媽媽怎麼回答，提出問題，然後等待答案，都是最讓他開心的事。一個又一個問題總能毫不費力地從腦中冒出來。對此，斑比從來

都不會感到驚訝。他覺得，提問讓他非常開心，簡直是件再自然不過的事。而且，滿懷希望等待答案的過程，也十分美妙。如果答案正如他意，他會非常滿足。當然，有時候，得到的答案會讓他困惑。即便這樣，他也一樣開心。因為如此一來，他便能無法止息地以自己的方式，想像那些他還不明白的東西。有時，他非常肯定媽媽沒有說出完整的答案，故意保留了一部分。起初，這也讓他很高興。因為每當遇到這種時候，他心中就會保有強烈的好奇心，閃過一些神秘而愉悅的猜測，產生一種讓他既緊張、又開心的期待。然後，他便會安靜下來。

有一次，斑比問：「媽媽，這條小路是誰的？」

媽媽回答：「我們的。」

斑比又問：「你和我嗎？」

「嗯。」

「我們兩個的？」

「對呀。」

「只屬於我們兩個嗎？」

「不，」媽媽說，「屬於我們鹿的。」

「鹿是什麼？」斑比一問完就笑了。

媽媽從頭到腳觀察了他一番，也笑了。「你是隻鹿，我也是隻鹿。我們都是鹿。」她說，「明白了嗎？」

斑比開心地蹦了起來，說：「嗯，明白了。我是隻小鹿，你是隻大鹿，對嗎？」

媽媽點點頭，說：「嗯，這樣你總算明白了。」

但斑比又嚴肅起來，問道：「除了你和我，還有別的鹿嗎？」

「當然，」媽媽說，「還有好多呢！」

「他們在哪呢？」斑比大聲問。

「就在這呢。到處都有。」

「但我沒看見他們啊！」

「你很快就會看見的。」她說。

「什麼時候？」斑比停下腳步，好奇得不得了。

「就快了。」媽媽繼續靜靜地朝前走。斑比連忙跟了上去。因為忙著思考「就快了」是什麼意思，他沒再說話。終於，

他得出結論：「就快了」肯定不是「現在」。但他無法確定要到什麼時候，「就快了」才不再是「就快了」並轉而變成「長久」。突然，他又問：「這條小路是誰開闢的呢？」

「我們。」媽媽答道。

斑比驚呆了。「我們？你和我嗎？」

媽媽說：「我們，我們就是……我們這些鹿。」

斑比問：「哪些鹿？」

「我們所有的鹿。」媽媽飛快地答道。

他們繼續往前走。興高采烈的斑比真想躍出小路，但還是緊緊跟在媽媽身旁。前方有什麼東西貼著地面，發出一陣窸窸窣窣的聲響。蕨葉和萵苣下，藏著某個正拼命往前逃竄的東西。接著，一聲細長尖銳的哀鳴後，四周又安靜了下來，只聞草葉的輕顫聲。一隻白鼬抓到了一隻老鼠。此刻，牠正偷偷摸摸地從一旁溜走，準備去享用這頓大餐。

「那是什麼？」斑比興奮地問。

「沒什麼。」媽媽安慰他道。

「但是，」斑比顫抖著說，「但是我看見牠了。」

「嗯，嗯，」媽媽說，「別害怕。就是隻白鼬殺死了一隻老鼠。」但斑比還是嚇壞了，一顆心因巨大、莫名的恐懼而揪緊。過了一陣子，他才再次開口說話：「他為什麼要殺老鼠？」

「因為，」媽媽遲疑了，說，「我們再走快一點吧。」彷彿突然想起了什麼似的，又好像一下就忘了那個問題，媽媽開始急匆匆地往前趕。斑比也只能蹦蹦跳跳跟了上去。

母子們默默地走了很久。終於，斑比又擔心地問：「有時，我們也會殺死老鼠嗎？」

　　「不會的。」媽媽說。

　　「從來不會嗎？」斑比問。

　　「嗯。」媽媽回答。

　　「為什麼不會。」斑比終於放下心來。

　　「因為我們從不殺任何動物。」媽媽只說了這句。

　　斑比的心情又好起來了。

　　路旁的一棵小梣樹上，傳來一陣喧嘩的吵鬧聲。鹿媽媽毫不在意地走了過去，斑比卻好奇地停住腳步。頭頂有兩隻松鴉正為剛搶來的一個鳥窩爭執不休。

　　「滾開，你這個兇手！」一隻松鴉大叫。

　　「吵什麼吵，笨蛋！」另一隻應道，「我才不怕你！」

　　「要窩自己去找，」第一隻松鴉吼道，「不然，我打爆你的頭！」他已經氣瘋了，喋喋不休地碎念著：「真粗魯！簡直太粗魯了！」

　　另一隻松鴉發現了斑比，拍著翅膀往下飛過幾根樹枝，向他吼道：「小怪物，看什麼看？」

　　斑比嚇得立刻蹦開，跑到媽媽身邊。驚魂未定的他一邊乖乖地跟著媽媽繼續往前走，一邊想她肯定沒發現自己剛才偷偷溜走了。

　　過了一下，他問：「媽媽，什麼叫粗魯？」

　　「我不知道。」媽媽說。

斑比想了一下，又問：「媽媽，他們為什麼那麼氣對方？」

「因為他們在搶食物。」媽媽回答。

「有時，我們也會搶食物，是嗎？」斑比問。

「不會。」媽媽說。

斑比問：「為什麼不會？」

「因為食物夠我們吃。」媽媽回答。

斑比還想知道一些別的東西，又開口問：「媽媽……」

「怎麼了？」

「我們也會有生對方氣的時候嗎？」他問。

「不會的，孩子，」媽媽說，「我們不會這樣做。」

他們繼續往前走。此刻，前方開始亮了起來，而且越變越亮。小路在一片亂藤雜樹前到了盡頭。再往前幾步，他們就會踏入一片明亮開闊的空地。斑比正想往前衝，卻被媽媽攔住了。

「那是什麼？」他急切地問，已經按捺不出內心的喜悅。

「是草地。」媽媽回道。

「草地是什麼？」斑比迫切地追問。

媽媽打斷他：「很快，你就能自己找到答案。」說完，她立刻警戒起來，一動不動地站著，高高昂起頭，側耳傾聽。接著，她深吸了口氣，神情嚴肅地觀察四周。

「好，」最後，她說，「我們可以出去了。」

斑比縱身一躍，卻又被媽媽攔了下來。

「在這等，我叫你的時候再出來。」她說。斑比立刻乖乖地停住了。「沒事的，」媽媽鼓勵他，「現在，好好聽我說。」聽到媽媽如此嚴肅的口氣，斑比頓時興奮起來。

「在草地上行走並不簡單，」媽媽繼續說，「這是件困難又危險的事。別問我為什麼，以後你就懂了。現在，我說什麼，你就怎麼做，可以辦到嗎？」

「可以。」斑比保證道。

「很好，」媽媽說，「我先出去，你在這等著。眼睛要一直盯著我。如果看見我往回跑，你就立刻轉身，能跑多快就跑多快，我很快就能追上你。」媽媽若有所思地沉默了一下，然後繼續嚴肅地說，「無論如何，你只有跑，你的腿能跑多快，就跑多快。即便發生了什麼事……即便你看見我倒下……也不要管我，知道嗎？無論看見什麼、聽見什麼，你都要盡可能跑掉。你能保證做到這點嗎？」

「能。」斑比輕輕應了一聲。媽媽說話的語氣實在太嚴肅了。

鹿媽媽繼續道：「如果我叫你出來，不要東張西望，也不准問問題，馬上到我身後，知道了嗎？跑起來的話，千萬不能停，也別多想。我要是開始跑，就代表著你也要開始跑，跑回這裡之前，絕對不能停。都記得了嗎？」

「知道了。」斑比有些不安地說。

「好，我先出去。」媽媽說。此時，她似乎顯得平靜些了。

她走了出去。斑比一眨不眨地望著她，看到她如何小心翼翼地慢慢朝前走。他站在那，滿心期待，也滿懷恐懼和好奇。

他看著媽媽聆聽四周的動靜。看到她往後退時，他也跟著往後退，隨時做好跳回灌木叢的準備。然後，媽媽又鎮靜下來。她舒展身體，滿意地環視一圈，喊道：「出來吧！」

斑比立刻衝了出去。喜悅讓他充滿力量，瞬間忘記了之前的擔憂。在灌木叢中，他只能看到綠色的樹冠，偶爾才能瞥見一眼藍天。

現在，斑比可以看見整片藍天，那樣遼闊、那樣高遠。雖然不知道為什麼，他還是很高興。在森林裡，斑比只能偶爾看到一縷陽光，或枝葉間漏下的點點柔光。突然，他就站在刺眼的陽光下。彷彿蘊含著無限力量的光束，灑遍他全身。這片暖意讓他閉上眼，卻打開了心。

斑比彷彿著了魔，完全樂瘋了，簡直不能自己。他一次又一次跳向空中，三下、四下、五下……心中那股無比強烈的渴望，讓他不停地又蹦又跳，快樂地舒展開幼嫩的小腿。陶醉在這清新的空氣裡，呼吸也變得深長而輕鬆。草地香甜的味道讓他欣喜若狂，只想不斷地躍入空中。

斑比還是個孩子。他如果是人類的孩子，肯定會快樂地大叫起來。但他是隻小鹿，一隻不會喊叫，至少無法像人類小孩那般喊叫的鹿。於是，他只能用自己的腿和身體來表達內心的喜悅，一次又一次將自己拋向空中。媽媽站在一旁，高興地看著狂歡的斑比，看著他一次又一次跳起來，又笨拙地落回原地。她看著他如何驚奇又迷惑地注視著周圍的一切，卻只能一次又一次躍起又落下。她明白，那是因為斑比只知道

鹿群在林中走過的那些狹窄小路。出生後短短時間裡，他已經適應了叢林的限制，並不知道如何在開闊的草地上無拘無束地奔跑，所以只會在原地跳上跳下。

於是，媽媽舒展開前腿，笑著彎下身。她看了斑比一下，接著一個縱躍，繞著草地跑了一圈。高高的草莖被帶得沙沙作響。

斑比嚇壞了，一動不動的站著。這是讓他跑回灌木叢的訊號嗎？媽媽曾對他說：「不管看見什麼、聽到什麼，都別擔心我，只要盡力跑，越快越好。」他剛準備轉身，按她的叮嚀撒腿就跑，媽媽卻突然奔了過來，帶起一片美妙的「沙沙」聲。她停在離他兩步開外的地方，向他彎下身，像剛才那樣笑了笑，喊了句「追上我」，就「咻」地跑開了。

斑比愣住了。媽媽是什麼意思？這時，媽媽又跑了回來，速度之快，看得他頭暈目眩。她用鼻子推了推他的身體，甩下一句「努力追上我」，又迅速地跑開了。

斑比開始追著媽媽。他先是邁出幾步。然後，步伐變成短促的跳躍。他覺得，自己彷彿不費吹灰之力，便能飛起來一樣。他蹄下有一片空間，騰起的足下也有一片空間，前方好像有無窮無盡的空間，供他馳騁。斑比欣喜若狂。

在他耳裡，草葉的「沙沙」聲是那般美妙。而小草拂過身體的感覺，宛如高級的絲綢般柔軟舒適。他繞著圈跑，有時轉個身，又開始新的一圈，就這麼一圈又一圈，沒完沒了的跑著。

媽媽靜靜的站著，呼吸已經再次平穩下來。她的目光一直追隨著斑比。這孩子真是樂瘋了。

突然，奔跑結束了。斑比停住腳步，優雅地走到媽媽跟前，開心地望著她。然後，母子便肩並著肩，在草地上漫步。

自從來到這片開闊的空間，斑比一直都在全身心地感受藍天、陽光和綠色的草地。他抬頭看了眼太陽，刺眼的陽光暖洋洋的照在他背上，讓他頭暈目眩，睜不開眼。

過沒多久，斑比開始欣賞這片草地。每走一步，他都驚訝不已。和在森林時不同，這裡看不到一點裸露的土地，一片又一片草葉密密實實的蓋滿每一寸土地，如波浪般連綿起伏，搖曳生姿。每踏上一步，它們都會輕柔地倒向一邊，但一抬起腳，它們又毫髮無傷地重新立起來。廣闊的綠草地上綴滿白色的雛菊、或紅或紫，密密雜雜的圓苜蓿，以及金閃閃的蒲公英。

「看吶，媽媽，快看吶，」斑比大喊，「那裡有朵花在飛！」

「那不是花，」鹿媽媽說，「是隻蝴蝶。」

斑比癡癡地望著那隻蝴蝶，簡直看到著魔。它從一片草葉上輕盈飛起，拍動著翅膀翩翩起舞，看得斑比眼花繚亂。接著，斑比發現，草地上飛舞著好多蝴蝶。它們似乎都一副匆匆忙忙的模樣，其實飛得並不快，忽上忽下，就像在玩遊戲。斑比太高興了。在他眼中，這些蝴蝶真像一朵朵快樂的飛花，不願待在枝頭，只想舒展身體，跳上一陣子的舞。它們也像即

將隨落日而棲的花，卻因為找不到固定的落腳點，只能不停地四處尋覓，一時落入草叢消失不見，彷彿真的就要躺在那了，但轉眼又飛了起來。一開始，蝴蝶們離地並不遠，但隨後便越飛越高、越飛越遠，因為所有的好位置都已經被占領。

斑比一眨不眨地盯著那些蝴蝶。他真想湊近好好觀察，卻怎麼也無法如願。因為它們一刻不停地飛來飛去，連空氣都隨之鼓盪起來。

再次低頭看向地面時，斑比欣喜地發現，腳邊竟有無數騷動的小生命。它們驚慌失措地四處奔逃。這一刻還聚成一團，轉眼間便都消失在了草叢裡。

「媽媽，那是什麼？」他問。

「是螞蟻。」媽媽回答。

「快看，」斑比大喊，「那裡有片草跳起來了，跳得好高呀！」

「那不是草，」媽媽解釋，「是隻好心的蚱蜢。」

「他為什麼要那樣跳呢？」斑比問。

「因為我們在這走，」媽媽說，「他怕被我們踩到呀。」

「喔，」斑比轉向坐在一朵雛菊上的蚱蜢，再次禮貌開口道，「別怕，我們不會傷害你。」

「我才不怕，」蚱蜢顫抖著說，「剛才我正跟妻子說話呢，所以才被你們嚇了一跳。」

「打擾到您了，真對不起。」斑比害怕著說。

「沒關係，」蚱蜢的聲音依然有些顫抖，「只要是你們，就一點問題都沒有。但總要時時刻刻小心呀，誰知道來的是什麼呢？」

「長這麼大，我還是頭一次來草地，」斑比解釋道，「媽媽帶著我……」

蚱蜢垂頭坐在那，就跟要撞到什麼東西似的。他換了副嚴肅的表情，嘀咕道：「你說的這些我不感興趣。沒時間跟你閒聊啦，我得去找我老婆了。我跳──！」說完，蚱蜢跳走了。

「跳！」看著蚱蜢高高地跳起，一眨眼便消失不見，斑比驚訝極了。

他跑到媽媽跟前，大聲說：「媽媽，我跟他說話了！」

「跟誰？」鹿媽媽問。

「跟蚱蜢呀，」斑比說，「我跟他說話啦。他對我真好，我好喜歡他。他超有趣，那麼綠，身體兩邊還有幾片樹葉一樣的東西。不過，那些東西是透明的，樹葉卻不透明。」

「那是他的翅膀。」鹿媽媽說。

「噢，」斑比繼續說，「但他表情好嚴肅，看起來似乎懂的也不少。但不管怎麼說，他對我挺不錯的。而且，他還那麼會跳！只說一句『我跳』，就跳得那麼高，一下子就不見了。」

他們繼續往前走。跟蚱蜢的對話讓斑比興奮不已。但因為是第一次跟陌生人講話，所以他也覺得有些累。接著，他有點餓了，便蹭到媽媽身邊找母乳喝。

然後，斑比靜靜地站在原地，用迷夢般朦朧的眼神，陶醉地看了下周圍的世界。每次吃完奶，他都這麼開心。突然，

他發現有朵亮麗的花在草叢間移動。仔細一看，原來那不是花，而是一隻蝴蝶！斑比躡手躡腳地湊了上去。

蝴蝶重重地落在一根草莖上，緩緩拍動著翅膀。

「你坐著別動，好嗎？」斑比說。

「為什麼要坐著不動？我可是隻蝴蝶。」小蝴蝶吃驚地答道。

「噢，求求你，就一下子，」斑比懇求，「我很想近一點看看你，拜託你啦！」

「好吧，」蝴蝶說，「看在你的面子上，我就坐一下吧，但只坐一下哦！」

斑比走到他跟前，著迷地讚嘆：「你真漂亮！太漂亮了，就像花一樣。」

「什麼？」蝴蝶拍著翅膀，大叫道，「你說我像朵花？我們都覺得蝴蝶比花好看多了！」

斑比有些尷尬，結結巴巴地說：「噢，沒錯，是好看多了。對不起，我的意思是……」

「不管你說的是什麼意思，對我來說都一樣。」蝴蝶邊說，邊裝模作樣地弓起細瘦的身體，擺弄起纖柔的觸角來。

斑比著迷地看著他，說：「你真優雅！又漂亮！你的翅膀好白，好亮呀！」

蝴蝶大大地張開翅膀，接著又將它們豎起、併攏，像一面揚起的白帆。

「噢，」斑比大喊，「我知道了，你的確比花漂亮。你能飛，而長在莖幹上的花卻不能，所以你更漂亮！」

蝴蝶展開翅膀，說：「這就足夠了，我是能飛的！」他輕盈地騰空而起，飛得那麼高，斑比幾乎都看不見他，也跟不上他翩翩的身影。他的翅膀輕柔而優雅地拍動著，很快便飛入了明媚的陽光裡。

　　「我是為了你才坐了那麼久的。」他一邊在空中穩住身體，一邊對面前的斑比說，「現在，我要走了啦。」

　　這就是斑比在草地上看見的一切。

CHAPTER 3

❖

　森林的中心有一小片空地，那是斑比媽媽的空地。往旁邊走幾步，就有條窄窄的小路。鹿們總是踏著這條小路穿越森林。不過，如果不知道這條通往灌木叢深處的小路，就沒辦法找到這片空地。

　空地很窄，只夠斑比和媽媽容身。空地也很低矮，斑比的媽媽一站起來，頭就沒入上方的枝葉間了。榛樹、荊豆和山茱萸的枝葉密密雜雜的交纏在一起，擋住了樹頂漏下的點點陽光。所以，地面上總是沒有陽光。斑比就降生在這片空地上。這裡是他和媽媽的家。

　鹿媽媽躺在地上睡著了，斑比也昏昏欲睡。突然，他醒了，站起身，四處查看。

　樹蔭濃密，斑比站的地方幾乎一片昏暗。林中傳來陣陣輕柔的「沙沙」聲，不時還能聽見山雀啁啾，啄木鳥清晰的「堵堵」聲，或烏鴉悶悶不樂的叫聲。除此之外，便是一片寂靜，靜得遼闊又遼遠。不過，若傾耳細聽，還是能聽見午後的暑氣在空中滋滋作響，雖有些讓人透不過氣，卻有種香甜的味道。

　斑比低頭看向媽媽，問道：「你睡著了嗎？」

　不，鹿媽媽並沒有睡著。斑比剛才起身時，她就醒了。

「我們現在要做什麼呢？」斑比問。

「什麼都不做，」媽媽回道，「就待在這。快躺下來，乖乖的，好好睡覺。」

但斑比一點也不想睡覺。「來吧，」他哀求道，「我們去草地吧。」

鹿媽媽抬起頭：「去草地？現在？」她的聲音裡都是驚訝和恐懼，斑比不由得害怕起來。

「我們不能去草地嗎？」他害怕地問。

「不能。」媽媽斬釘截鐵地說，「不行，現在不能去。」

「為什麼？」斑比隱約覺得有些神秘，更害怕了，但也更想知道一切，於是問道：「為什麼現在不能去草地？」

「等你長大一點，自然就明白了。」媽媽回答。

「但是，」斑比不順從，「我現在就想知道。」

「等你大一點再說吧，」媽媽又重複了一遍，「你現在還是個孩子。」她繼續柔聲說道：「我們不會跟孩子說這種事。」她的神情相當凝重：「這時候去草地？我想都不敢想，現在可是大白天啊！」

「我們上次去的時候，不也是大白天嗎？」斑比抗議。

「那不一樣，」媽媽解釋說，「那次是在清晨。」

「我們只有清晨才能去那嗎？」斑比無比好奇地問。

媽媽耐心地回答：「只有清晨、傍晚或深夜，我們才能去那。」

「白天不可以？完全不可以嗎？」

媽媽猶豫了一下，終於開口：「這個嘛……有時候，有些鹿也會白天去那……但那是特殊情況……我還不能解釋給你聽，你太小了……有些鹿的確會去那……但如此一來，他們也會遇到最大的危險。」

　　「什麼樣的危險？」斑比全神貫注地問道。

　　但鹿媽媽不想再繼續這個話題。「反正很危險，兒子，記得這點就夠了。那些事，你現在還無法理解。」

　　斑比卻覺得自己什麼都能理解，就是不明白媽媽為何不告訴他真相。不過，他並沒有說出口。

　　「我們的生活就是這樣，」鹿媽媽繼續說，「雖然我們都喜歡白天，尤其是小時候，但我們還是得安安靜靜地躺一整天，只有傍晚到第二天清晨之間，才能四處看看。知道了嗎？」

　　「知道了。」斑比回道。

　　「所以說，兒子，我們必須待在這。這裡很安全。好了，快躺下睡吧。」

　　但斑比並不想躺下，反而問道：「為什麼在這裡我們就是安全的？」

　　「因為所有灌木叢都在保護我們，」鹿媽媽回答，「叢中小樹枝折斷的聲音、枯枝的劈啪聲和陳年落葉的沙沙聲，都是給我們的預警。松鴉和喜鵲也會幫我們警戒。一旦有誰靠近，我們很遠就能知道。」

　　「陳年落葉是什麼？」斑比問。

「快，坐到我身邊來。」鹿媽媽說，「我講給你聽。」斑比心滿意足地坐了下來，緊緊依偎在媽媽身旁。鹿媽媽告訴他樹葉為何不能常綠，陽光和溫暖適宜的天氣為何會消失。媽媽還告訴他天氣會變冷；寒霜中，樹葉會變成黃色、棕色和紅色，然後飄然滑落。無論大樹，還是灌木，最後都會變得光禿禿的，裸露的枝幹直直地伸向空中。不過，枯葉依舊留在地上，只要有腳踏在上面，就會沙沙作響。這樣，我們便知道有人來了。噢，它們可真是好東西！如此盡忠職守，警惕性十足！即便盛夏時節，灌木叢裡也藏著很多陳年落葉。無論有什麼危險，它們都會提前為我們預警。

　　斑比緊緊依偎著媽媽。這樣坐著聽媽媽講話，真是太舒服了。

　　媽媽講完後，斑比陷入了沉思。他想，陳年落葉雖然都已經失去生命，乾枯冰冷、受盡苦難，卻依舊時刻替我們警戒，它們真棒！他好想知道媽媽口中的危險到底是什麼。但想的東西太多，斑比很快就累了。周圍靜悄悄的，只有暑氣在空中滋滋作響。漸漸地，斑比睡著了。

CHAPTER 4

✥

　某天傍晚，斑比又跟媽媽到草地上漫步。他還以為草地上的一切，自己都已經見過、聽過了，但事實證明，他知道的似乎並沒有自己認為的那麼多。

　與第一次一樣，斑比又跟媽媽玩起你追我趕的遊戲。他一圈一圈地跑著，為這開闊的草地、深邃的天空和清晰的空氣著了迷，玩得不亦樂乎。不久後，斑比正準備高高躍起，卻發現媽媽站著不動了，於是他也突然停住。因為四肢早已伸展開，驟然落地反而讓他失去了平衡。他只能再次奮力一躍，才終於站直。

　媽媽似乎在跟誰說話，但隔著高高的草叢，他什麼也看不清。斑比好奇，搖搖晃晃地湊了上去。

　草叢中，兩隻帶漂亮黑色條紋的灰褐色耳朵正朝他媽媽移動。斑比停下來，鹿媽媽卻說：「快過來。這是我們的朋友——兔子先生。快過來，乖一點，讓他看看你。」

　斑比走了過去。坐在那兒的兔子似乎非常老實。有時，他那雙湯匙般的長耳朵會突然立起來，有時又軟軟地聳下去，彷彿突然沒了力氣。看到兔子嘴邊又直又硬的鬍鬚，斑比頓時有些懼怕。但他也看到兔子不僅面容和善，性情也非常溫和，還不時地睜著那雙圓圓的大眼睛，害怕地瞥一眼周圍的世界。

兔子看起來的確很友好。斑比迅速打消了心中的疑慮,但一開始對兔子的那種敬畏之情,也跟著不見了,真奇怪!

「晚安,年輕人。」兔子彬彬有禮地跟他打招呼。

斑比只是點了點頭。他不知道自己為何會這麼做,卻還是點了點頭,算是打過招呼了。他非常親切,也很有禮貌,卻帶了點謙卑的味道。這完全是種下意識的行為,也許他生來便是如此吧。

「真是位迷人的小王子，」兔子對斑比的媽媽說。他專注地看著斑比，先是豎起一隻湯匙般的長耳朵，接著又豎起另一隻。然後，兩隻耳朵突然全軟了下去。兔子耳朵的這番動作讓斑比很不高興，因為他似乎在說：「他根本不值得理。」

這時，兔子一直用那雙圓圓的大眼睛觀察斑比。他的鼻子和那張帶著漂亮鬍鬚的嘴不停地動來動去，像個努力克制自己不打噴嚏的人。斑比實在忍不住，終於笑了起來。

兔子也笑了，眼中的關切之意也更濃了。「恭喜你。」他對斑比的媽媽說，「我真誠的恭喜你擁有這樣一個兒子。毫無疑問，時光流逝，他肯定會成為一位出色的王子。這點誰都看得出來。」

他突然撐著後腿坐直身體，嚇了斑比一大跳。豎起耳朵，抽動著鼻子仔細偵察了一番周圍的情況後，兔子再次端莊地俯下身，開口道：「抱歉，今晚我還有很多事要做，如果你們不介意的話，我就先走了……」說完，他轉過身，長耳朵聳在肩上，一蹦一跳地走了。

「晚安，」斑比在他身後喊道。

鹿媽媽微笑著說：「真是隻好兔子，溫文爾雅，精明又世故。他在這裡生活也不容易啊。」她的聲音裡充滿了同情。

斑比自己散步了一下，沒有打擾到媽媽吃飯。他想再遇到之前的那些朋友，也想結交新朋友。因為並不太清楚自己想要什麼，斑比反而生出某種期盼。突然，他聽見遠處傳來

一陣柔和的「沙沙」聲，也感覺到有誰正邁著輕快的步伐，踏過草地。斑比望向前方。林邊，似乎有什麼東西正飛快地掠過草叢。它是活的嗎？噢，不，有兩個東西——斑比飛快地瞥了一眼媽媽，但她仍深深地埋頭在草叢裡，什麼都沒注意到。然而，草叢那頭，好戲已經上演。它們在繞著圈飛奔，就跟斑比之前一模一樣。斑比興奮了，往後一退，似乎也想立刻跑開。這次，媽媽終於注意到他，抬起頭來。

「怎麼了？」她大聲問道。

但斑比已經說不出話，只能結結巴巴道：「看……那邊。」

鹿媽媽往那邊看了一眼，說道：「哦，那是我表姐。顯然，她現在也生了個孩子。不，她生了兩個。」起初，鹿媽媽的聲音裡全是喜悅，但隨即又嚴肅起來。「真沒想到，埃娜都有兩個孩子了，」她說，「兩個孩子呢。」

斑比站在原地，望向草地那頭。他看見一個酷似媽媽的生物。之前，他竟然沒注意到她，只看見草叢被壓彎了兩圈，以及兩片紅色背影如兩條細線般一閃而過。

「來吧，」鹿媽媽說，「我們過去。他們會跟你當朋友的。」

斑比本想跑過去，但見媽媽不僅走得很慢，每踏一步還東看看西看看，他也只得按捺心情，心裡卻早已興奮不已，迫不及待。

「我就知道，我們遲早會碰到埃娜，」鹿媽媽接著說，「但一直以來，她都住在哪呢？我知道她一定會有孩子，這很好猜。但……這是兩個孩子！」

終於，他們也看到斑比母子，於是走了過來。斑比雖然向姨母問好，注意力卻放在那兩個孩子身上。

　　姨母非常友好，對斑比說：「嗨，這是戈波和芬妮。好啦，你們一起去玩吧。」

　　孩子們卻呆呆地盯著彼此，一動不動地站著。戈波緊依著芬妮，斑比則站在他們面前。三個小朋友誰都沒動，就那麼目瞪口呆地你看看我，我看看你。

　　「去呀，」斑比的媽媽說，「你們很快就會成為朋友的。」

　　「多可愛的孩子啊，」埃娜姨母說，「真可愛，好結實，站得真穩！」

　　「是啊，」鹿媽媽謙虛地說，「我們都該知足了。不過，埃娜，你竟然有兩個孩子……」

　　「嗯，他們都很棒，」埃娜說，「親愛的，你知道，我以前有過孩子。」

　　「斑比是我的第一個孩子。」鹿媽媽說。

　　「慢慢來，」埃娜安慰她道，「或許，再有一個，你也會不一樣了。」

　　孩子們依然一動不動地盯著彼此，誰也不說話。突然，芬妮往前一跳，拔腿就跑。她真是再也受不了這樣傻站著了。

　　斑比立刻追了上去，戈波緊跟在後。三個小朋友往前跑了半圈，又急轉身往回跑，結果撞在一起，全都跌了一跤。但轉眼間，他們又你追我趕地飛奔起來，玩得十分開心。終於停下來後，雖然都累得七葷八素，氣喘吁吁，他們卻已經成了好朋友，迫不及待聊開了。

斑比告訴他們，自己曾跟友善的蚱蜢和蝴蝶聊過天。

「那你跟金甲蟲聊過天嗎？」芬妮問。

不，斑比從沒跟金甲蟲說過話，他甚至沒見過金甲蟲。

「我經常跟他聊天。」芬妮有些得意地說。

「松鴉罵過我。」斑比說。

「真的嗎？」戈波吃驚地說，「松鴉真的罵過你？」戈波很容易吃驚，還特別膽小。

「對啊，」他說，「刺蝟還刺過我的鼻子呢。」不過，這件事他只是順帶一提，便不再說了。

「刺蝟是什麼？」斑比急切地問。他覺得，和朋友們待在一起，聽到這麼多激動人心的事，似乎也挺不錯。

「刺蝟非常可怕，」芬妮大聲說，「渾身都是長長的尖刺，非常壞！」

「你真的覺得他很壞嗎？」戈波問，「他從沒傷害過別人啊。」

「真的嗎？」芬妮立刻回嘴，「難道他沒刺過你？」

「噢，那是因為我想跟他說話，」戈波說，「而且，他只刺了我一下，也沒多痛。」

斑比轉向戈波，問道：「他為什麼不想跟你說話呢？」

「無論是誰，他都不說話，」芬妮插嘴道，「只要你一靠近，他就立刻縮起身體，豎起渾身的尖刺。媽媽說，他是那種不願跟外界打交道的傢伙。」

「搞不好他只是害怕。」戈波說。

不過，芬妮顯然更懂：「媽媽說，你不應該跟那種傢伙來往。」

很快，斑比輕聲問戈波：「你知道什麼是『危險』嗎？」

說到這裡，他們都嚴肅起來，三顆頭也湊到了一起。戈波想了一下。看到斑比那副著急又想知道答案的好奇模樣，他努力回憶了一下才小聲說道，「那是非常糟糕的東西。」

　　「嗯，」斑比興奮地應道，「我知道那是非常糟糕的東西，但那到底是什麼呢？」三個小傢伙都害怕地顫抖起來。

　　突然，芬妮高興地大叫：「我知道什麼是危險了！就是你要逃開的東西！」說完，她立刻跑開了。她可不想再繼續待在那擔心害怕。斑比和戈波也立刻追了上去。三個小傢伙又玩在一起，在綠絲絨般的草地上滾來滾去，頓時就忘了剛才還那樣著迷的問題。玩了一下後，他們又像之前那樣站著聊起了天。小傢伙們看看自己的媽媽，發現她們仍緊依在一起，一邊輕聲說話，一邊吃草。

　　埃娜姨母抬起頭，對著孩子們喊：「戈波，芬妮，快過來。我們得走啦！」

　　斑比的媽媽也對他喊：「快過來，我們也該走啦。」

　　「再等一下吧，」芬妮苦苦哀求，「再一下。」

　　「讓我們再待一下吧，求求你們了，」斑比央求道，「這裡這麼棒。」戈波也怯怯地重複了一遍：「這裡這麼棒，讓我們再待一下吧。」然後，三個小傢伙都嘰嘰喳喳地說個不停。

　　埃娜看了眼斑比的媽媽，說：「我剛才說了什麼？這下，他們不想分開了！」

　　斑比覺得，這天已經夠興奮了，但更刺激的事還在後面。林中突然傳來一陣蹄聲。接著是小樹枝被折斷的「劈啪」聲

和大樹枝的「沙沙」聲。斑比還沒來得及細聽，就見到有東西突然從灌木叢冒了出來。一個身影橫衝直撞地向前飛奔，另一個則在後面緊追不捨。他們像是刮開叢林的狂風，在草地上轉了一大圈，又隱入林中，只留下疾馳而去的腳步聲。但轉眼間，他們又從林中竄出，在大約二十步遠的地方，突然停住腳步。

斑比看著他們，一動不動。他們長得很像媽媽和埃娜姨母，只是頭上多了對閃閃發光的角。角上滿是褐色的小珠子，角尖晶瑩透亮。斑比完全被征服了，看看這個，再看看那個。其中一個身形較小，鹿角也比較窄。另一個則儀態高貴，俊美非凡。他抬著頭，鹿角也挺得高高的，顏色由深到淺，佈滿黑色和棕色的漂亮角尖。

「哇！」芬妮崇拜地大聲讚嘆。「哇！」戈波低聲讚嘆。斑比卻什麼也沒說。他已經被徹底迷住，完全說不出話。接著，那兩隻鹿轉過身，各自朝著相反的方向，慢慢地走入林中。其中那隻儀態高貴的雄鹿就從三個孩子、斑比的媽媽和埃娜姨母身旁走過，卻始終昂著高貴的頭角，不僅一言不發，甚至連瞥都沒瞥他們一眼。孩子們一次都不敢呼吸，直到他消失在灌木叢裡，才轉向另一隻。但這時候，另一隻也早已消失在綠色的森林中。

芬妮第一個打破沉默。「他們是誰？」她興奮地大聲問道，聲音都有些顫抖。

「他們是誰？」戈波的聲音小到聽不見。斑比則依舊沉默。

埃娜姨母嚴肅地說：「那是你們的爸爸。」

之後，大家都沒再說話，就那樣默默地分開了。埃娜姨母領著她的孩子踏入最近的一片灌木叢，斑比和媽媽則需要穿過整片草地，走到大橡樹那，才能踏上屬於他們的那條小路。

　　斑比沉默了很久，最後終於問：「他們難道沒看見我們嗎？」

　　媽媽明白斑比的意思，回答道：「他們當然有看見我們。」

　　斑比困惑不解，雖然不好意思再問下去，卻又實在忍不住。「那為什麼……」他剛開口，又突然閉上了嘴。

　　鹿媽媽幫他說了出來：「孩子，你想知道什麼？」

　　「他們為什麼不跟我們待在一起？」

　　「他們從來不跟我們待在一起，」鹿媽媽說，「只是偶爾聚聚。」

　　斑比繼續問：「但他們為什麼不跟我們說話？」

　　鹿媽媽說：「他們現在不跟我們說話，但有時候會。我們只能等待，等他們來找我們，來跟我們說話。只要他們願意，隨時都能來。」

　　斑比依舊很困惑：「爸爸會跟我說話嗎？」

　　「當然，」媽媽保證道，「等你長大，他就會跟你說話。有時，你還能跟他待在一起。」

　　斑比靜靜地走在媽媽身旁，腦子裡全是爸爸的身影。「他真帥！」他一次又一次地想，「太帥了！」

　　媽媽彷彿能讀懂他心思：「孩子，只要你還活著、足夠聰明，沒有陷入危險，那你遲早也會像爸爸那樣強壯、英俊，並長出像他那樣的角。」

　　斑比深深地吸了口氣，心裡充滿歡喜和期待。

CHAPTER 5

❖

日復一日，斑比又有了很多奇遇和經歷。每天都有新奇的事。有時，他甚至覺得暈頭轉向，因為要學的東西實在太多了。

此時，斑比不僅能聽到聲音，還學會了分辨。要聽見身邊發生的事當然不費吹灰之力，但無論多麼細微的聲響，甚至是風最輕微的呢喃，斑比都能機敏地分辨出來。例如，他能察覺到野雞在灌木叢中穿行，也能聽出田鼠在他們的小路上來回奔跑。鼴鼠一高興就在接骨木樹叢間「啪嗒啪嗒」地你追我趕，那陣陣細微的「沙沙」聲，也逃不過斑比的耳朵。要是聽見隼大聲尖叫，他也知道這變調的憤怒呼喊，是因為她害怕自己的地盤被某隻逼近的鷹或鵰搶走。斑比還聽得出森鳩拍動翅膀的聲音、野鴨悠長遼遠的高鳴和很多其他的聲響。

他也學會了分辨空中的氣味，很快便做得跟媽媽一樣好，只要吸一口空氣，就能立刻聞出一切。「那是苜蓿和山梨的味道，」清風拂過田野時，他想，「還有我的朋友兔子先生。我也聞到他的味道了！」

只要嗅嗅樹葉、泥土、藥草和野大蒜，斑比就知道是否有白鼬經過。而把鼻子貼向地面，深深地吸一口氣，他也能

聞出狐狸是不是來過，或附近是否來了別的鹿，比如埃娜姨母和她的孩子們。

如今，斑比已經跟黑夜成了好朋友，不再那麼渴望白天出去到處跑，反而非常願意都跟媽媽躺在濃蔭蔽日的林間空地上，聽著滋滋作響的暑氣，沉沉地睡上一整天。

偶爾，他也會醒來，聽聽周圍的聲響，嗅嗅空中的氣味，看看有沒有發生什麼事。一切如常，只有山雀輕輕的鳴叫，蚊子沒完沒了的「嗡嗡」聲和森鳩永遠也說不完的柔情滿懷。但這一切關他什麼事？很快，他又會沉沉地睡去。

現在，斑比已經非常喜歡黑夜。夜晚，一切都是新鮮而騷動的。當然，他還是得小心，卻不必像白天那般謹慎。他可以想去哪就去哪，無論在途中遇到誰，對方都沒有白天時那樣緊張。

夜晚的森林莊嚴而寂靜，只有寥寥幾種聲音。靜謐中，這些聲音聽起來似乎很響亮，不僅跟白天時完全不同，給人的印象也更加深刻。

斑比很喜歡見到貓頭鷹。她飛得那麼好，那麼輕盈，一點聲音都沒有，簡直跟蝴蝶一樣。不過，她不僅大得驚人，模樣也令人印象深刻，並且似乎一直都在沉思。還有她的眼睛，真漂亮啊！那堅定沉靜、勇氣十足的眼神，讓斑比欽佩不已。他喜歡聽貓頭鷹跟媽媽或別的動物說話，但他會稍微站到一旁。因為不知怎的，雖然滿心崇敬，他卻有些害怕那凜然的眼神。貓頭鷹說的話，斑比大部分都不太懂，但他知道那些話一定很睿智，所以他很開心，也對貓頭鷹充滿敬意。

接著，貓頭鷹就開始放聲大叫：「呀哈！咕咕咕咕！哈！」

　　這聲音既不像畫眉的歌聲和金翅雀的叫聲，也不像布穀鳥友好的頌歌。但斑比就是喜歡貓頭鷹的叫聲，覺得其中透露著股不可思議的真誠，還有種難以言說的睿智，以及一絲異樣的惆悵。

　　鳴角鴞也是個迷人的小東西，活潑機靈，好奇心重，還總想引人注意，拉高音調「喔咿，呀呀！喔咿，呀呀！」地叫個不停，聲音尖銳得彷彿他馬上就要死掉。不過，他非常幽默，一旦嚇到誰，就開心得不得了，扯開嗓子，「喔咿，呀呀！」地大聲叫喚。那聲音真是大得嚇人，林中方圓一英里都能聽見。但接下來，他又會溫柔地「咯咯」笑，聲音輕得只有待在旁邊才聽得到。

　　斑比發現，只要嚇到誰，或發現哪個動物以為他碰上了什麼倒楣事，鳴角鴞都會非常高興。於是，從那以後，每次碰到他，斑比衝上去問：「你又遇到什麼衰事了？」或嘆口氣說：「噢，你剛剛真是嚇死我了！」鳴角鴞都會非常開心。

　　「噢，是呀！」他會哈哈大笑著說，「那件事很可怕。」然後，他還會抖開羽毛，縮成一團，看上去像個灰白色的球，非常漂亮。

　　偶爾，林中會刮來一、兩場風暴，有時在白天，有時在夜晚。斑比遇到的第一次風暴發生在白天。待在自家空地上，看著天色越來越暗，斑比也越來越害怕，覺得正午的天空彷彿都被黑夜覆蓋了。當狂風從林間呼嘯而過，森林開始大聲

哭嚎，斑比不由得渾身顫抖。當閃電劃破長空，驚雷咆哮而至，斑比嚇得魂飛魄散，以為世界末日就要來了。他衝到媽媽身後，鹿媽媽驚慌失措地撐起身體，在灌木叢中走來走去。斑比已經完全無法思考，也不明白到底發生了什麼。大雨如注，所有動物都在四散奔逃，尋找避雨處，森林一下子就空了。但誰也沒躲過這場大雨，就連最茂密的叢林深處，也被雨水澆透。不久後，熾烈的閃電不再從樹梢劈下，雷聲也漸漸遠去，越來越小，終於完全聽不見了。雨點也變小了，在斑比周圍均勻而平穩地又下了一個小時。森林靜靜的矗立著，大口大口地喘氣，任由水珠滴落。大家都出來了，沒有誰再害怕。恐怖的感覺經由雨水沖刷，已經消失得無影無蹤。

那天，斑比和媽媽第一次還沒到黃昏，就去了草地。那時，太陽仍高高地掛在天上，空氣格外清新，比平時更加香甜。林中彷彿有千百種聲音，因為大家都離開了避雨處，開心地東奔西走，聊著剛剛發生的一切。

抵達草地前，母子們得經過一棵大橡樹。這棵樹長在森林邊緣，離他們的小路不遠。每次去草地，他們都會經過這棵漂亮的樹。

這一次，松鼠坐在樹枝上迎接他們。斑比是松鼠的好朋友。第一次碰見他時，斑比把一身紅毛的松鼠當成了小鹿，驚訝地盯著他看了許久。那次，斑比還很幼稚，什麼都不懂。

第一次見面，松鼠就讓斑比十分開心。松鼠不僅很有禮貌，還十分健談。斑比很喜歡看他靈敏地轉身、攀爬、跳躍和保

持平衡的樣子。聊著聊著，松鼠便會順著光滑的樹幹跑上跑下。對他來說，這彷彿是再容易不過的事。或者，他也會穩坐在一根搖搖晃晃的樹枝上，優雅地豎起毛茸茸的大尾巴，舒舒服服地穩住身體，露出白胸，兩隻小爪子端莊的握在胸前，不時左右點點頭，眼裡透著笑意，沒多久就說出好多有趣的事。然後，他會突然跳下樹，速度快得簡直讓人以為他要一頭栽到地上。

他拼命地搖著長尾巴，對著底下大喊：「大家好！大家好！看見你們真高興！」斑比和鹿媽媽停住腳步。

松鼠順著光滑的樹幹跑了下來。

「嘿，」他無法停止地聊開了，「你們還好吧？當然沒問題。依我看，一切都好得很呢，這才是最重要的。」

然後，他像閃電一樣竄上樹，說：「下面太濕了。等等，我得找個更好的地方。希望你們別介意。謝謝，我就知道，你們一定不會介意。好啦，我就待在這，我們一樣能聊個痛快。」

松鼠在一根筆直的樹幹上跑來跑去。「真是太糟了，」他說，「太恐怖了！你們不知道我有多害怕。我像隻老鼠一樣縮在角落，一動也不敢動。只能一動不動地待在某處，沒有比這更糟糕的事了！你只能無時無刻祈禱千萬別發生什麼事。不過，我這棵樹還挺爭氣。毫無疑問，它簡直太棒了。要我說，我對它非常滿意。只要擁有這棵樹，我永遠不會再找別的樹。不過，如果再發生今天這樣的事，估計在哪都會嚇死的。」

松鼠坐直身體，立起漂亮的長尾巴，以保持平衡。他挺起白胸，前爪護住胸口。根本不需要再說什麼，你也會相信他剛才真的嚇壞了。

　　「我們要去草地曬太陽，把身體曬乾。」斑比的媽媽說。

　　「好主意，」松鼠大聲說，「你真聰明。我一直都說你非常聰明。」他縱身一躍，跳到一根更高的樹枝上，對著下方說：「現在去草地，真是再好不過。」接著，他一邊在樹梢輕盈地鑽來鑽去，一邊輕快地說，「我要去有陽光的地方。渾身都濕透了，我要一路跳到上面去！」那副嘰嘰喳喳的模樣，彷彿根本不在意斑比和鹿媽媽是否還在聽。

　　草地上一片生機勃勃。兔子先生帶著家人來了，埃娜姨母和她的兩個孩子也來了，她的幾個好朋友也在。那天，斑比又看見了他們的爸爸。兩隻雄鹿分別從森林兩頭緩緩走來。不過，這次多了一隻雄鹿。三隻鹿自顧自地沿著草地走，來來回回，根本不看其他動物，彼此間也一句話都不說。斑比不時看看他們，雖充滿敬意，卻也無比好奇。

　　然後，他找芬妮、戈波和其他幾個孩子聊天。他很想玩一下，其他孩子也想。於是，他們繞著圈跑了起來。芬妮玩得最開心，她興致十足，靈活敏捷，滿腦子奇思妙想。但戈波沒一下子就累了。他被暴風雨嚇壞了，心還怦怦跳。戈波有時候很軟弱，斑比卻很喜歡他。因為他非常友好，又樂於助人，還總是不想讓別人知道他有一點憂鬱。

時間一天天過去，斑比漸漸知道草地上的草有多鮮美，嫩芽和苜蓿有多麼甘甜可口。現在，他湊到媽媽跟前，常常被媽媽一把推開。

媽媽說：「你已經不是小孩子了。」有時，媽媽甚至突然說：「走開，別煩我。」有時，媽媽中午就突然起身，離開這塊小小的林中空地，並且根本就不在意斑比有沒有跟上。有時，母子們沿著熟悉的小路散步，媽媽好像也不在意斑比是否跟在自己身後。

一天，鹿媽媽離開了。斑比不知道為何會發生這樣的事，他怎麼也想不明白箇中原因。但媽媽的確不見了。生平第一次，斑比被獨自留了下來。

他很困惑，漫無目的地四處尋找，又焦慮、又擔心，也越來越想念媽媽。他傷心地站在那裡，大聲呼喚著她。沒有回應，沒人出現。

他全神貫注地聆聽周圍的動靜，用力嗅空中的氣味，卻什麼也沒聞到。於是，他只能淚眼汪汪，無力而哀悽地繼續呼喚：「媽媽！媽媽！」然而，一切都是徒勞。

漸漸的，斑比絕望了。他再也忍不住，終於開始往外走。

他沿著熟悉的小路往前走，不時停下來繼續呼喚。他遲疑地往前走著，越走越遠，越走越害怕，垂頭喪氣，沮喪又無助。

他走啊，走啊，踏上從未走過的小路，來到一處又一處陌生之地，最後完全不知道自己該何去何從。

然後，他聽見兩個稚嫩的聲音像自己一樣呼喚：「媽媽！媽媽！」他停住腳步，仔細聽了一下。沒錯，是戈波和芬妮，一定是他們！

　　他飛快地朝聲音傳來的方向跑去，沒多久就透過樹葉的縫隙，看見了他們那身「小紅外套」。戈波和芬妮肩並肩地站在一棵山茱萸樹下，傷心地大喊：「媽媽！媽媽！」

　　聽到灌木叢中有動靜，戈波和芬妮頓時欣喜若狂，但一看來的是斑比，又立刻大感失望。不過，斑比來了，他們多少還是感到一點安慰。斑比也很高興自己再也不是獨自一人。

　　「我媽媽走了。」斑比說。

　　「我們的媽媽也走了。」戈波悲傷地說。

　　三個小傢伙看看彼此，都沮喪極了。

　　「她們到底去哪了？」斑比都快哭出來了。

　　「不知道。」戈波嘆了口氣。他的心怦怦直跳，相當難受。

　　芬妮突然開口：「我想，她們或許跟我們的爸爸在一起。」

　　戈波和斑比吃驚地看著她，一臉崇拜。「你是說，她們去找我們的爸爸了？」斑比顫抖著聲音問。芬妮也有些顫抖，臉上卻依然一副什麼都懂的樣子。其實，她當然什麼都不知道。甚至這個點子是從哪冒出來的，她也說不出來。不過，聽到戈波又問了一次「你是這麼想的嗎」，她還是做出一副意味深長的樣子，神神秘秘地答道：「嗯，我就是這麼想的。」

　　無論如何，這都是個值得考慮的建議。但儘管如此，斑比也沒覺得好一點。他真的太傷心、太困惑了，不想去思考這個問題。

斑比不想待在同一個地方，於是繼續朝前走。芬妮和戈波也跟著他走了一下子。三個小傢伙不停地呼喚：「媽媽！媽媽！」接著，戈波和芬妮停下來，不敢再繼續走下去。芬妮說：「為什麼我們要去找？媽媽知道我們在哪啊！待在這吧，她一回來，就能找到我們。」

　　斑比獨自往前走。他漫無目的地穿過一片灌木叢，來到一塊小小的林中空地。走到空地中央時，斑比突然停住腳步，覺得自己彷彿被釘在地上，再也無法移動。

　　有東西站在空地旁一棵高大的榛樹下。斑比從未見過那樣的龐然大物，也沒有聞過那種怪異、濃烈的刺鼻氣味。那味道簡直快把他逼瘋了。

　　斑比呆呆地盯著那傢伙。他站得筆直，身形消瘦，臉色蒼白，鼻子和眼睛周圍都光禿禿的。那張臉透出一股令人恐懼的冰冷氣息，徹底征服了他。不過，斑比雖覺得異常痛苦，還是目不轉睛地盯著他。

　　那傢伙也一動不動地站了很久。然後，他從臉旁伸出一條腿。斑比甚至沒注意到那裡有一條腿。但看到那條可怕的腿緩緩伸入空中，僅僅那伸腿的姿勢，就把斑比嚇得落荒而逃，轉眼間便鑽進叢林，逃命般跑開了。

　　突然，鹿媽媽也出現了。他們以最快的速度，肩並肩的在灌木叢中飛奔。後來，因為鹿媽媽知道該怎麼走，所以由她領路。斑比則緊隨其後，一路跑回了屬於他們的那片林間空地。

「你看見**他**了嗎？」鹿媽媽輕聲問。

斑比已經上氣不接下氣，沒辦法回答，只是點了點頭。

「那就是**他**！」鹿媽媽說。

母子們不約而同地顫抖了一下。

CHAPTER 6

❖

如今，斑比經常獨自一人，卻不再像第一次那樣惶恐不安。鹿媽媽還是會消失，無論斑比怎麼呼喚，也不回來。但隨後，她又會突然出現，如往常一樣，跟斑比待在一起。

一天晚上，斑比又心情低落地四處跑。這次，他甚至連戈波和芬妮也沒碰到。天空逐漸變得灰白，接著又暗了下去。連綿的樹梢彷彿穹頂，籠罩在茂密的灌木叢上。突然，林中響起一陣「嗖嗖」聲，接著是一片響亮的「沙沙」聲。然後，斑比的媽媽就衝了出來，身後還緊跟著另一隻鹿。斑比不知道那是埃娜姨母、自己的父親，還是別的鹿，但他一眼就認出了媽媽。儘管只是從身邊一閃而過，他還是立刻聽出她的聲音。她在尖叫。斑比覺得他們像是在嬉戲玩耍，但媽媽的聲音裡似乎有一絲恐懼。一天，斑比漫無目的地在灌木叢中走了好幾個小時。終於，他再也忍受不了這種孤獨，覺得要不了多久，自己一定會非常悲慘，於是開始大聲呼喚媽媽來。

突然，一隻雄鹿出現在他跟前，嚴肅地俯視著他。斑比沒聽見響動，著實嚇了一跳。這隻雄鹿看起來比其他雄鹿更高大、也更驕傲。他光亮的皮毛是深紅色的，臉卻閃爍著銀灰色的光芒。警戒的雙耳旁，高高立著一對長滿小珠的黑色鹿角。

　　「你哭什麼？」老鹿繃著臉問。斑比嚇得根本不敢出聲，心中充滿敬畏。「你媽媽現在沒空理你。」老鹿繼續說道。斑比被他威嚴的聲音徹底征服，除了崇敬，已經沒有其他感覺。「你就不能自己照顧自己嗎？真丟臉！」

　　斑比很想說他完全可以。事實上，他經常獨自一人。然而，他怎麼也開不了口，不僅變得無比順從，還覺得十分

羞愧。老鹿轉身走了。斑比不知道他上哪去了、不知道他是如何離開的，也不知道他離開的速度是快是慢。他如流星那樣轉瞬消失。斑比豎起耳朵側耳傾聽，既沒有任何離開的腳步聲，也沒有樹葉的「沙沙」聲。他想，那隻老鹿一定還在附近。於是，他用力嗅著四面八方的空氣，卻什麼也沒聞到。最後，斑比終於鬆了口氣，覺得老鹿應該是真的走了。但他又真切渴望能再次見到老鹿，贏得他的讚美。

媽媽回來後，斑比並沒有把這件事告訴她。從此以後，媽媽每次消失，他都不再呼喚她。後來，斑比四處閒逛時，總會想起那隻老鹿。他渴望再次見到他，對他說：「你看，我再也不會找媽媽了。」這樣，老鹿一定會表揚他。

然而，再次在草地上碰到戈波和芬妮時，斑比對他們說起了這事。兩個小傢伙簡直聽到入神，卻講不出任何同樣精彩的經歷。「你難道不害怕嗎？」戈波興奮地問。

這個嘛……斑比承認，他的確有些害怕，但也只有一點點。

「要是我，一定會嚇個半死。」戈波說。

斑比回答，因為那隻雄鹿太英俊，所以他反而不怎麼害怕。

「對我來說大概沒什麼用，」戈波繼續道，「我肯定還是不敢看他。我一害怕就頭昏眼花，什麼也看不見，還會心跳加速，呼吸困難。」

聽完斑比的經歷後，芬妮一言不發地沉思起來。

三個小傢伙再次相遇時，戈波和芬妮連蹦帶跳，「鹿」不停蹄地衝了過來。他們又被媽媽拋下了，斑比也是。「我們

一直在找你。」戈波大聲說。「是啊。」芬妮驕傲地說,「因為,我們知道你上次遇見誰了啦!」斑比立刻好奇地跳起來,問:「誰啊?」

芬妮鄭重其事地說:「是老鹿王。」

「誰告訴你的?」斑比問。

「媽媽。」芬妮答道。

斑比驚訝極了。「你把這件事告訴她了?」兩個小傢伙都點了點頭。「但這是個祕密啊!」斑比生氣地嚷道。

戈波立刻為自己辯解:「不是我說的,是芬妮。」芬妮卻興奮地大喊:「什麼?那是個祕密?我想知道那是誰。現在,我們都知道了他是誰,這不是更刺激嗎!」

斑比太想知道關於老鹿王的一切,所以努力平靜了下來。芬妮一口氣全告訴了他:「老鹿王是森林裡最大的一隻鹿,其他鹿都無法與他相比。大家既不知道他到底活了多久,也不知道他住在哪裡。誰都不認識他的家人,連有幸見過他一面的動物都很少。有時,因為他太久不出現,大家甚至以為他已經死了。但接下來,又會有動物看見他,於是,大家又知道他還活著。誰都不敢問他到底去了哪。他不跟其他動物說話,其他動物也不敢跟他說話。他走其他鹿都不會走的小路,對森林深處瞭若指掌,根本不知道危險是什麼。其他鹿王子經常打架,有時是鬧著玩,有時是為了較量一下,有時是打從心底想要拼鬥。但許多年來,還沒有哪隻鹿敢跟老鹿王動手。而很久以前跟他動過手的那些鹿,已經全死了。因此,他是最偉大的鹿王。」

斑比立刻原諒了戈波和芬妮把他的祕密洩露給他們的媽媽。得知這些重要的事，他甚至有些高興。不過，他也很開心戈波和芬妮並不知道所有經過。他們不知道偉大的老鹿王曾對他說：「你就不能自己照顧自己嗎？真丟臉！」這下子，斑比很慶幸自己沒有把這些告訴他們。因為那樣的話，戈波和芬妮一定會告訴媽媽，然後整座森林都會開始說三道四。

那天夜裡，月亮升起後，斑比的媽媽又回來了。鹿媽媽站在草地邊那棵大橡樹旁，四處尋找斑比。一看見媽媽，斑比立刻跑了過去。

那晚，斑比又學到了一些新東西。鹿媽媽又累又餓，所以他們沒像往常一樣走那麼遠。鹿媽媽在斑比經常進食的草地上填飽了肚子。母子們肩並肩，悠哉地在灌木叢中吃草，開心地細嚼慢嚥，漸漸深入叢林。

突然，林中傳來一陣響亮的沙沙聲。斑比還來不及猜測那是什麼，鹿媽媽就大聲叫起來。她「呦呦」叫著，又蹦又跳，稍微停頓一下，又接著「哇嗚、哇嗚」地叫。只有極度恐懼或興奮異常時，鹿媽媽才會這麼叫。「沙沙」聲越來越大，斑比努力分辨那些越來越近的巨大身影。最後，他們終於走近了。看起來，他們很像斑比、斑比的媽媽、埃娜姨母和家族裡的其他鹿，卻更魁梧、強壯得多。斑比滿心崇拜地仰望著他們。

突然，斑比也叫起來：「呦呦！哇噢——」他完全沒意識到自己在叫，只是情不自禁地大叫著。這支隊伍緩緩地從他

們身旁走過。三隻、四隻⋯⋯巨大的身影如幽靈般一個接著一個過去，最後一個身影尤其高大。他脖子上的鬃毛猖狂而濃密，頭上的鹿角像一棵樹。看見他們，斑比激動得都快喘不過氣了，只能滿心疑惑站在原地，不停地呦呦直叫。長這麼大，斑比還是第一次產生如此奇怪的感覺。他有些害怕，卻又不是平時那種害怕。他覺得自己真渺小，甚至覺得媽媽似乎也變渺小了。不解讓他既羞愧、又恐懼，所以只能「呦呦」地大聲叫喚。彷彿只有這麼叫，他才能感覺好一些。

　　隊伍走過去了。什麼也看不見，什麼也聽不見了。就連鹿媽媽也安靜下來。但斑比依舊驚魂未定，不時便短短叫幾聲。

　　「安靜點，」鹿媽媽說，「他們已經走了。」

　　「噢，媽媽，」斑比小聲問，「他們是誰？」

　　「這個嘛，」鹿媽媽說，「其實，他們也沒多危險。他們是麋鹿，是你的表哥。他們驕傲又強壯，比我們有力量多了。」

　　「他們難道不危險嗎？」斑比問。

　　「一般情況下，不危險，」鹿媽媽解釋道，「當然，據說發生過很多事。關於他們的傳言雖然很多，但我也不知道那些閒話是否可信。他們從未傷害過我或我的親朋好友。」

　　「他們如果是我們的親人，怎麼可能傷害我們？」斑比問。他很想平靜下來，卻還是不停地顫抖。

　　「噢，他們的確從未傷害過我們。」鹿媽媽說，「但不知為何，每次見到他們，我都會害怕。我也說不出為什麼，但每次都這樣。」

聽了媽媽的話，斑比雖然漸漸平靜下來，心裡卻仍在糾結。鳴角鴞站在他頭頂上方的一根赤楊木樹枝上，發出一陣很可怕的叫聲。但斑比想得太專心，忘了裝出很害怕的樣子。然而，鳴角鴞還是飛過來問：「我沒嚇到你嗎？」

　　「當然嚇到了，」斑比連忙回答，「你每次都能嚇到我。」

　　鳴角鴞開心地「咯咯」輕笑：「希望你別怪我，我就是這樣。」他抖開羽毛，又變成一個圓滾滾的球。接著，他把嘴藏進泡沫般蓬鬆的白羽毛裡，還擺出一副異常聰明的嚴肅面孔。他非常滿意自己的這副模樣。

　　斑比向他吐露心聲，狡猾地開口道：「你知道嗎？我剛剛被嚇得更厲害。」

　　「是嗎？」鳴角鴞有些不高興。於是，斑比把遇到那些高大親戚的事告訴了他。

　　「別跟我提親戚，」鳴角鴞嚷道，「我也有親戚。不過，因為我只在白天飛來飛去，所以他們現在都看不起我。咳，親戚真是一點用都沒有。如果他們比你強大，也不會給你什麼好處，因為你會受不了他們的驕傲；如果他們比你弱小，那就更沒用了，因為他們會受不了你的驕傲。我寧願跟他們都不來往。」

　　「可是，我甚至不認識我那些親戚。」斑比有些不好意思，笑著說：「我不僅從沒聽說過他們，今天之前，也從沒見過他們。」

　　「別為那些傢伙煩惱啦，」鳴角鴞勸道，「相信我，」他意味深長地轉動眼珠，「相信我，這才是最好的做法。親戚永

遠比不上朋友。看看我們，我們雖不是親戚，卻是好朋友啊，這不是好得多嗎！」

　　斑比很想說點什麼，但鳴角鴞又繼續說：「這種事我有經驗。你還太小。相信我，我懂的比你多。而且，我也不喜歡參與家族裡的那些爛事。」他若有所思的轉著眼珠，嚴肅得嚇人，害得斑比也只能小心翼翼地不發出聲音。

CHAPTER 7

又過了一晚的早晨，發生了一件事。

這是一個晴朗的清晨，空氣清新，樹木和灌木都掛滿露珠，聞起來似乎更加香甜了。草地也騰起陣陣香氣，一直飄到樹梢。

「吱吱！」幾隻醒來的小山雀輕輕叫著。不過，因為天還灰濛濛的，他們只叫了一會兒便安靜下來。一時間，萬籟俱寂。接著，一隻烏鴉沙啞刺耳的聲音劃破天空。於是，其他烏鴉也醒了，開始在樹梢走親訪友。喜鵲立刻嚷嚷起來：「喳喳喳！你們以為我在睡覺嗎？」隨後，數百種細小的聲音開始從四面八方傳來。「吱吱！啾啾！唧唧！」不過，這些聲音都從遠處而來，因為黑暗還未消散，大家也還沒完全清醒。

突然，一隻烏鶇飛向山毛櫸樹梢，停在頂端那根直指藍天的細樹枝上，向遠方眺望。夜色消散，東方漸漸泛起一抹魚肚白，萬物都快甦醒了。接著，烏鶇唱起歌來。

遠遠看去，她小小的身體就像個小黑點，也像一片枯葉。不過，隨著她歡樂嘹亮的歌聲響徹整片森林，一切都活過來了。金翅雀啁啾，紅喉鳥和紅額金翅雀也嘰嘰喳喳地叫了起來。鴿子大聲拍著翅膀，急匆匆地竄來竄去。野雞「咯咯」叫著，聲音大到喉嚨都快叫破了。他們紛紛飛出雞窩，跳到地上，拍動翅膀的聲音雖然輕柔，卻充滿力量。之後，野雞們破鼓

晨鐘般的「咯咯」聲雖然變小，卻始終沒有停止。此外，遙遠的空中也傳來隻尖銳快活的「呀呀」聲。

太陽升起來了。

「啾啾！」黃鸝快樂地叫著，在枝椏間跳來跳去，圓滾滾的黃色身體宛如一個帶翅膀的金色小球，在晨曦中忽閃忽閃的。

斑比在大橡樹下的草地上散步。橡樹的枝葉上掛著露珠，空中彌漫著青草、花兒和潮濕泥土的氣味，無數小動物在竊竊私語。兔子先生也在那，一副在思考什麼重大事件的樣子。一隻驕傲的野雞昂首闊步地緩緩走過，一邊啃著草籽，一邊警惕地四下張望。陽光下，他脖子上那圈暗藍色的羽毛泛著金屬般的光澤。

斑比身旁不遠處，站著一隻鹿王子。之前，斑比還從未如此近距離看過自己的其他家人。那隻雄鹿就在斑比正前方的一片榛樹叢旁，身體被枝葉遮擋了一些。斑比沒動，他想等鹿王子完全走出來，也在想自己是否有膽子跟他說話。他想問問媽媽，便開始四處找她。但媽媽已經走得遠遠的，跟埃娜姨母站在一起。這時候，戈波和芬妮也從林中跑了出來。斑比還在思考，所以依然沒動。要是現在走到媽媽那邊去，他就得從鹿王子身邊經過。他覺得，自己完全做不到這點。

「好吧，」斑比想，「我不一定要先問媽媽。老鹿王跟我說過話這件事，我不也沒告訴她！我就說『早安，鹿王子』，他應該不會生氣吧。不過，他如果生氣，我就立刻飛快地跑開。」斑比猶疑不定，怎麼都無法下定決心。

過了一下子，鹿王子踏出榛樹叢，朝草地走去。

「就是現在。」斑比想。

突然，傳來一聲雷鳴般的巨響。

斑比嚇得縮成一團，完全不知道出了什麼事，那隻鹿王子就在他面前跳了起來。斑比看著他縱身一躍，跑得跟飛的一樣衝進森林。

雷鳴般的巨響仍在繼續，斑比目瞪口呆地四處觀察，發現媽媽、埃娜姨母、戈波和芬妮都逃進了林中。兔子先生發瘋似地跑開了，野雞也伸長脖子，拼命奔跑。突然間，整座森林都安靜下來。斑比也開始往灌木叢衝去，但剛跑幾步，就看見躺在地上，一動不動的鹿王子。斑比驚恐地停住腳步，不明白這代表著什麼。鹿王子肩上有道巨大的傷口，鮮血如注。他死了。

「別停下！」一個聲音喊道。是正在全速奔過斑比身邊的鹿媽媽。「快跑！」她大喊，「能跑多快就跑多快！」她沒減速，反而衝到前面。聽見媽媽的命令，斑比使出渾身力氣，拼命往前跑。

「怎麼了，媽媽？」他問，「發生什麼事了，媽媽？」

鹿媽媽喘著氣回答：「是——**他**！」

斑比嚇得渾身發抖，但他們仍舊繼續往前跑。最後，母子們終於因為喘不過氣，停了下來。

「你說什麼？快告訴我，你剛才那些話是什麼意思？」一個輕柔的聲音從頭頂傳來。斑比抬起頭，一隻松鼠嘀咕著，從樹枝上跑下來。

「我一路跟著你們跑過來的，」他大聲說，「真是太可怕了！」

「你剛才也在那？」鹿媽媽問。

「當然，」松鼠回答，「我現在都還發抖呢。」他坐直身體，用漂亮的大尾巴保持平衡，露出雪白的小胸膛，兩隻前爪堅定地護住身體。「我現在都還激動得不得了！」

「我也被嚇壞了，」鹿媽媽說，「真是想不透，誰都沒發現有任何動靜。」

「真的嗎？」松鼠生氣地說，「我很早就看見**他**了！」

「我也看見了。」另一個聲音叫道。原來是喜鵲。她飛過來，停在一根樹枝上。

「我也看見了。」一個嘶啞的聲音從上方傳來。是蹲在椈樹上的松鴉。

一對待在樹頂的烏鴉也「呱呱」叫著：「我們也看見**他**了。」

大家圍坐在一起，煞有其事地聊開了。每個除了興奮異常，似乎也充滿了憤怒和恐懼。

「誰？」斑比想，「他們看見了誰？」

「我已經盡力了。」松鼠邊說，邊用前爪堅定地護住胸口，「我已經盡力向可憐的鹿王子發出警告。」

「我也是。」松鴉粗聲粗氣地說，「我對他喊了多少次啊！但他根本沒聽見。」

「他也沒聽見我的聲音，」喜鵲「呱呱」叫著說，「我叫了不只十次。他大概沒聽見，我正想飛到他站的那片榛樹叢前。我想，到了那裡，他一定能聽見我的叫聲，但在那一刻，悲劇就發生了。」

「我的聲音應該比你們都大。我也盡力警告他了。」烏鴉厚著臉皮說，「但那種紳士，根本不會理我們這種小人物。」

「確實。」松鼠附和道。

「總之，該做的我們都做了，」喜鵲說，「發生這樣的悲劇，肯定怪不到我們頭上。」

「多帥的鹿王子啊，」松鼠惋惜地說，「風華正盛呢！」

「啊！」松鴉「呱呱」叫著說，「他如果不那麼驕傲，稍微關心我們一下，結果也會好很多。」

「他才不驕傲。」

「並沒有比他家族裡的其他王子更驕傲。」喜鵲插嘴道。

「就是有點笨。」松鴉諷嘲地說。

「你才笨！」烏鴉向下方大吼，「別跟我說什麼愚笨。整座森林都知道你有多笨！」

「我笨？」松鴉嚇到了，「誰都不敢說我笨。我或許健忘，但絕對不笨！」

「你愛怎麼想怎麼想吧，」烏鴉嚴肅地說，「你可以忘了我剛才說的話，但一定要記住，鹿王子並不是因為驕傲或愚笨丟了性命，而是因為誰都沒辦法從**他**手中逃走！」

「啊，」松鴉「呱呱」叫著丟下一句「我不喜歡跟你們聊這些」，就拍拍翅膀飛走了。

烏鴉接著說：「**他**比我家族裡很多成員都聰明，想殺誰就殺誰，我們根本毫無辦法。」

「你只能提高警覺，隨時注意**他**。」喜鵲插嘴道。

「只能這樣了，」接著，烏鴉悲傷地說了聲「再見」，帶著家人飛走了。

斑比四處尋找了一嚇。鹿媽媽已經不見了。

「他們在說什麼啊？」斑比想，「我怎麼聽不懂。他們說的那個『**他**』是誰？我在灌木叢裡看見的不也是『**他**』嗎？但『**他**』並沒有殺我啊！」

斑比又想起鹿王子躺在自己面前，肩上帶著傷口，血流不止的模樣。現在，他已經死了。斑比慢慢朝前走去。森林裡又響起各種各樣的聲音，陽光透過樹梢，大片大片地傾瀉而下，將到處都照得亮透透的。樹葉散發出清香。隼在高高的天上大喊大叫，附近，一隻啄木鳥一下下的敲打著樹幹，

彷彿什麼事都沒發生過一樣。斑比心情低落，覺得自己好像受到某種黑暗生物的威脅。他完全無法理解，生活如此艱難危險，其他動物怎麼還能這樣無憂無慮，快活自在。一股強烈的慾望驅使著他往森林深處走去，誘惑著他越走越遠。他想找一處四面都被灌木叢遮住的藏身之所。這樣，誰都沒辦法看見他了。他再也不想去草地。

有東西在灌木叢中輕輕移動。斑比猛地往後一退。老鹿王出現在他面前。

斑比抖著身體，想要跑開，卻努力忍住了。老鹿王目光深邃地看著他，問道：「剛才你也在嗎？」

「嗯。」斑比輕輕應了一聲，覺得心都快跳到喉嚨了。

「你媽媽呢？」老鹿王問。

斑比的聲音依舊很輕：「我不知道。」

老鹿王盯著他：「那你沒有大喊著找她？」

斑比看著那張高貴堅毅的灰色臉龐，又望望他的鹿角，突然勇氣十足地說：「我可以自己一個人。」

老鹿王想了一下，然後溫柔地問：「你不就是之前，那隻哭著找媽媽的小鹿嗎？」

斑比有些尷尬，但依舊鼓起勇氣，坦白道：「嗯，是我。」

老鹿王默默地看著他。斑比覺得，那深邃的眼珠似乎更溫柔了。「老鹿王，您之前唸過我，」斑比激動地大聲說，「因為我害怕獨自待著。但從那以後，我就不怕了。」

老鹿王讚賞著看向斑比，露出一個淺淺的微笑。雖不易察覺，斑比還是看到了。「高貴的老鹿王，」他大膽地問，「發生什麼事了？我完全搞不清楚。他們說的那個『他』是誰啊？」看到老鹿王晦暗的目光，斑比嚇得立刻閉上嘴。

　　老鹿王又沉默了一下，才越過斑比，望向遠方。然後，他悠哉地說道：「聽著，自己去聞、去聽、去尋找答案吧。」他把長著鹿角的頭抬得更高，只說了聲「再見」，便消失了。

　　斑比呆呆地站在原地，差點哭出來。但那聲「再見」依然迴盪在耳邊，給了他堅持下去的力量。老鹿王說了「再見」，所以他大概已經不生氣了。

　　斑比驕傲極了，頓時充滿精神。是啊，生活雖然艱困，還充滿危險，但無論接下來會發生什麼，他都要學著接受。

　　斑比緩緩朝森林更深處走去。

CHAPTER 8

✥

　草地邊緣的那棵大橡樹開始掉落葉了。所有樹都開始掉落葉了。

　大橡樹上，有一根樹枝比其他所有樹枝都高，遠遠地伸到草地上方。這根樹枝頂端，兩片樹葉緊緊地依偎在一起。

　「現在有點反常吶！」一片葉子對另一片說。

　「是啊。」另一片葉子答道，「今晚好多葉子都掉了，這根樹枝幾乎只剩我們了。」

　「你永遠不知道下一個飄落的會是誰，」第一片葉子說，「風和日麗的天氣甚至也會突然刮起大風，或來場傾盆大雨。很多年紀輕輕的葉子，就這麼掉下去了！唉，真不知道下一個會輪到誰。」

　「現在都不怎麼出太陽了，」第二片葉子嘆氣道，「沒太陽，天氣就不暖和。我們必須保持溫暖。」

　「不知道是不是真的，」第一片葉子說，「我們飄落後，會有其他葉子接替我們的位置。然後，也會有新葉子接替他們。就這樣周而復始。不知道是不是真的。」

　「確實。」第二片葉子低聲道，「真是難以想像，這種事已經超出我們的能力範圍。」

　「這種事讓我很難過。」第一片葉子說。

他們沉默。然後，第一片葉子輕輕地自言自語：「我們為什麼非要落下去呢？」

第二片葉子問：「我們飄落後會怎樣呢？」

「會沉下去……」

「我們下面是什麼？」

第一片葉子回答：「不知道。有的這樣說，有的那樣說，但到底怎樣，誰都不知道。」

第二片葉子問：「飄落後，我們還有感覺嗎？還能感受到自己嗎？」

第一片葉子回答：「誰知道？沒有哪片落下去的葉子還能跑回來，告訴我們下面是什麼情況。」

他們又沉默了。然後，第一片葉子對同伴柔和地說：「別太擔心，你都開始發抖了。」

「沒關係，」第二片樹葉答道，「現在，一點小事都能讓我發抖。我抓得好像沒以前穩了。」

「我們別再談這些事情了。」第一片葉子說。

另一片葉子應道：「嗯，我們順其自然吧。可是——不談這個，我們能談什麼呢？」她沉默了一下，接著說，「我們誰會先落下去呢？」

「時間還多的是，以後再來擔心這事吧，」另一片葉子安慰她，「想想過去多美好，太陽出來時，多溫暖，多美妙啊！那時候，我們充滿活力，不是嗎？還有那清晨的露珠和美好靜謐的夜晚……」

「現在，夜晚真可怕，」第二片葉子抱怨，「而且長到沒有盡頭。」

「我們不應該抱怨，」第一片葉子輕聲說，「我們已經比很多很多葉子長壽。」

「我是不是變了很多？」第二片葉子雖然有些膽小，卻仍語氣堅定地問。

「一點都沒變。」第一片葉子安慰她，「你這麼想，是因為看見我變得又醜又黃吧。不過，你跟我完全不一樣。」

「你哄我的吧。」第二片葉子說。

「不，是真的，」第一片葉子急忙說，「相信我，你跟出生時一樣可愛。或許有些地方會有幾個小黃點，但幾乎看不出來。而且，這也只會讓你更漂亮。相信我。」

「謝謝。」第二片葉子感動極了，呢喃道：「我不信，至少不全然信。但謝謝你，你真好，總是對我這麼好！我現在才開始覺得，你對我有多好。」

「噓！」另一片葉子說。於是，她也安靜下來，因為她已經快說不出話了。

兩片葉子都沉默了。就這樣，幾個小時過去了。

一陣潮濕的冷風無情地掠過樹梢。

「啊，現在，」第二片葉子說，「我……」話音突然停止。她被扯了起來，旋轉而落了下去。

冬天來了。

CHAPTER 9

❖

　斑比發現，整個世界都變了。他發現，自己很難適應這個改變之後的世界。從前富足的生活，突然變得舉步維艱。斑比從來不知道什麼叫匱乏，他理所當然地認為總有吃不完的食物，從不覺得有天也會為食物憂愁。他相信自己不僅能一直睡在這塊綠蔭環繞的可愛空地，不讓任何人發現，還能披著那身光滑漂亮的紅皮毛，四處轉轉。

　不知不覺間，一切都變了。在他看來，彷彿只是幾個短暫的片段，便迎來了結局。斑比喜歡奶白色的霧在清晨如面紗般輕罩著草地，也喜歡它在黎明時分突然出現在灰色天際的樣子。霧氣在陽光下消失時多美啊！鋪滿草地的耀眼白霜，也讓斑比欣喜不已。有時，他還喜歡聽高大的親戚——麋鹿們的叫聲。他們王者般的聲音能讓整座森林為之顫抖。斑比過去常常聽見這種聲音，雖嚇得不輕，卻滿心崇敬。他記得，那些猶如王者的麋鹿都有如樹般高大強壯的鹿角。斑比覺得，他們的聲音也跟那些鹿角一樣強壯。每每聽見那低沉的呼喊，斑比都會久久站在原地，一動不動。那聲音猶如一股瘋狂而高貴的血液，洶湧而來，散發著無比的渴望、憤怒和驕傲。斑比害怕得拼命掙扎，卻無濟於事。那些聲音每次響起，都能把他徹底征服。不過，他還是以這些高貴的親戚為傲。與此

同時，他也會莫名地煩躁，因為那些麋鹿實在難以接近。斑比總有種被冒犯和羞辱的感覺。他說不出為什麼，也不知道這種感覺從何而來。有時，這甚至是種下意識的反應。

直到求偶季節結束，雄鹿們有力的呼喊漸漸平息，斑比才開始再次關注其他事。夜裡在林中漫步，或白天躺在林間空地時，他聽見落葉的呢喃。落葉撲簌簌地旋轉，沙沙地從樹梢和枝幹上飄落，聲音清脆悅耳。在如此神秘而憂鬱的聲音中醒來或睡去，都是件很棒的事。很快，地上便鋪起厚厚一層樹葉，鬆鬆軟軟。一踩上去，葉子就四散紛飛，輕柔地「沙沙」作響。落葉堆得那麼高，一步一步地把他們踏到一旁，聽那清脆悅耳的「沙沙」聲，真是有趣極了。而且，那些落葉也非常有用。因為這段日子以來，斑比必須更加小心地聆聽和嗅聞周圍的一切。有了落葉的幫忙，他就能毫不費力地聽到遠處所有動靜。即便最輕微的踩踏，落葉們都會「沙沙」地響個不停，誰也沒辦法毫無聲息地走過。

但不久後，雨季來了。大雨傾盆，從清晨下到深夜，有時不僅整晚都不歇，還會一直下到第二天。有時，雨會稍停片刻，接著又飄潑而至。空氣又濕又冷，整個世界似乎都浸在了雨裡。想啃一口草地上的青草，都會弄得滿嘴雨水。而輕輕拉一下樹枝，也會瀉下一股股雨水，灌進眼睛和鼻子。落葉不再「沙沙」作響，都蒼白濡濕地躺在地上，被雨水泡漲，發不出任何聲音。斑比第一次發現，沒日沒夜的下雨，渾身濕透的感覺有多討厭。現在甚至還沒結霜，但他已經開始渴望溫暖的天氣。斑比覺得，濕答答的到處跑真是糟透了。

然而，真的開始刮北風時，斑比才知道什麼是寒冷。當然，起初，他以為依偎著媽媽，至少有側身體是溫暖的，但北風沒日沒夜地在林中肆虐，所以，靠得再緊也沒多大用處。北風似乎快被一種莫名其妙的冰冷怒意逼瘋，彷彿要將所有樹木都連根拔起，毀掉整座森林。大樹呻吟著，奮力抵抗北風的猛攻。你能聽見樹木長長的悲鳴、「嘎吱嘎吱」的嘆息、粗壯枝幹驟然折斷的巨響、樹幹出現裂口時偶爾發出的怒吼，以及敗下陣來的樹為自己身上的每一個傷口和瀕死的身軀發出的尖叫聲。除此之外，什麼也聽不見。因為狂風呼嘯著，刮過森林，淹沒了其他所有聲音。

　　然後，斑比嘗到了飢寒交迫的滋味，也看見了狂風和暴雨如何改變這個世界。無論樹木，還是灌木叢，都再也見不到一片葉子。樹全都光禿禿的站著，一副飽受摧殘的模樣，舉著光裸的棕色枝條，祈求上天的憐憫。草地上的草全都縮小枯萎，彷彿沉入泥土中。甚至斑比的林間空地，似乎也寒酸起來。因為周圍的葉子都掉光了，完全敞開的空地光禿禿的，再也不像從前那般隱密，無法成為絕佳的藏身之所。

　　一天，一隻小喜鵲飛過草地時，突然覺得有種又白又涼的東西落入眼中。接著，這種東西越落越多。晶瑩炫目的白色碎片在她身旁飛舞，好像一片輕紗蒙住了她的眼睛。喜鵲猶豫了一下，接著拍拍翅膀，一頭衝向高空。可惜的是，她的努力全白費了。那冰冰涼涼的白色碎片依然到處都是，並且又鑽進她眼中。她筆直往上飛，越飛越高。

　　「親愛的，別白費力氣啦！」一隻跟她飛在同一方向，卻處在她上方的烏鴉朝下面喊道，「別白費力氣啦！你飛得再高，也擺脫不了這些白色碎片。這是雪啊！」

　　「雪！」喜鵲吃驚地大叫一聲，依然奮力閃躲著滿天飛絮。

　　「沒錯！」烏鴉說，「冬天到了，下雪啦！」

　　「不好意思，」喜鵲答道，「我五月才離巢，根本不知道冬天是什麼樣子！」

　　「這種事以後還會發生呢，」烏鴉說，「不過，你很快就會慢慢明白的。」

　　「好吧，」喜鵲說，「如果這是雪，那我就坐下來休息。」她停在一棵接骨木上，抖了抖羽毛。烏鴉則笨拙地飛走了。

起初，斑比看到雪還很高興。星星般的雪花旋轉飄落下來，世界彷彿完全變了樣，空氣寧靜、柔和，雪似乎也更輕、更白了。稍微出點太陽，一切都開始發光。那蓋在萬物之上的白毯，真是閃亮得令人炫目。

　　但沒過多久，斑比就不喜歡雪了。因為下雪後，食物越來越難找。往往費盡力氣挖開積雪，才只能找到一小片枯萎的草葉。堅硬的雪殼割傷了他的腿，他真擔心自己的腳也難逃厄運。戈波已經劃傷了腳。當然，戈波是那種什麼也忍受不了，總給媽媽惹麻煩的小傢伙。

　　現在，鹿們經常聚到一起，比以前親近多了。埃娜姨母常常帶孩子們過來。後來，一隻名叫馬雷娜的年輕母鹿也加入了他們。但給大家帶來最多歡樂的，還是老內塔。老內塔相當自負，什麼事都有自己的看法：「不，我再也不想跟你們這些小傢伙混在一起，顧孩子這種玩笑我早就受夠了。」

　　芬妮問：「如果只是玩笑，那顧不顧又有什麼區別？」這時，內塔便會佯裝生氣地說：「但這種事就是個糟糕的笑話，我早就受夠了。」

　　大家圍坐在一起閒聊，相處十分融洽。小傢伙們第一次有機會聽到這麼多事情。

　　有時，甚至還有一兩隻鹿王子加入他們。剛開始，因為孩子們有些害羞，場面一度尷尬。但氣氛很快活躍起來，大家相處得十分愉快。斑比非常崇拜氣質不凡的羅納王子，也很喜歡年輕英俊的卡魯斯。他們已經換下鹿角。斑比常常盯著

他們頭上那兩個青灰色的圓形斑點看。兩圓斑十分光滑，跟兩位王子腦袋上的其他斑點一樣閃著微光，看起來高貴極了。

若有某個王子談到**他**時，聊天立刻就會變得非常有趣。羅納的左前腿上有塊不太明顯的厚疤，所以那條腿也是不方便的。羅納過去常常問：「你們能看出來我有殘缺嗎？」結果，大家都不停地向他保證一點都看不出來。當然，羅納就想聽到這樣的回答。事實上，他的確缺得不明顯。

「沒錯，」他會接著說，「那次我真是命懸一線，死裡逃生啊。」然後，羅納就會把自己如何受到他的驚嚇，以及被**他**用火砸中的事說上一遍。不過，羅納只是被砸中了腿而已。雖然骨頭如預期的碎了，痛得他接近瘋狂，但羅納並沒有驚慌失措，反而立刻爬起來，不顧身體的虛弱，撐著三條腿拼命奔逃。因為，羅納看見**他**窮追不捨地跟在後面。羅納一直跑到夜幕降臨才停下來休息，並且第二天一早又接著跑。直到感覺徹底安全了，他才找了個地方躲起來，獨自療傷。最後，他再次出現在大家面前時，變成了一位英雄。雖然走路有點歪了，但他覺得誰都不會注意到這點。

現在，大家經常湊在一起大聊特聊。斑比聽到了更多關於**他**的故事。他們說**他**看起來有多可怕，誰也不敢看**他**那張蒼白的臉。從以往的經歷來看，這點斑比已經知道了。大家也會談起**他**的味道。但斑比出於良好的教養，並未在長輩談話時插嘴。他們說，**他**的氣味雖然千變萬化，每次都不一樣，但還是立刻就能分辨出來。因為那種氣味非常刺激，總是那樣高深莫測，既神秘、又恐怖。

大家說**他**用兩條腿走路，兩隻手也有驚人的力量。有些鹿不明白手是什麼。但剛一解釋完，老內塔就開口了：「這有什麼驚訝的。你們說的這些，任何一隻松鼠都會。而且，每隻小老鼠也會。」然後，她便輕蔑地別過臉去。

　　「哦，不，」其他鹿連聲嚷嚷，告訴她那完全是兩件事。然而，老內塔才不會被嚇住。「那隼呢？」她大叫道，「禿鷹呢？貓頭鷹呢？他們也只有兩條腿。想要抓什麼東西時，他們只需一條腿站立，另一條腿去抓就行了。這不是更難嗎？**他**肯定辦不到！」

　　老內塔根本不願意崇拜任何跟**他**有關的事，打從心裡討厭**他**。「他真是可惡至極！」這點她非常堅持。不過，大家都沒表示反對，因為的確誰都不喜歡**他**。

　　不過，聊到**他**有第三隻手，而不僅僅是兩隻時，談話就越來越複雜難懂了。

　　「很老梗的故事，」內塔不客氣地道，「我才不信。」

　　「是嗎？」羅納插嘴，「那你說說看，**他**到底用什麼砸碎了我的腿？」

　　老內塔漫不經心地說：「親愛的，那就是你的事了。**他**又沒砸碎過我的腿。」

　　埃娜姨母說：「我這輩子見過不少事。我想，這麼說肯定有一定道理，**他**應該有第三隻手。」

　　「我同意！」年輕的卡魯斯禮貌地說，「我有個朋友。他是隻烏鴉……」然後，他尷尬地閉上嘴，看了眼周圍的大家，

彷彿怕被嘲笑一樣。但看見大家都在認真聽，他又繼續說：「這隻烏鴉消息非常靈通。依我看，她簡直無所不知。她說**他**真的有三隻手，但並非一直都有。第三隻手特別壞，不像另外兩隻那樣長在身體上，而是被**他**扛在肩上。烏鴉說她總能準確判斷出**他**或**他**的那些同類什麼時候會變得危險。如果出現時沒帶上第三隻手，**他**就不危險。」

老內塔哈哈大笑，說：「親愛的卡魯斯，你這位烏鴉朋友真是個傻瓜。告訴她，我說『她要真有她以為的那麼聰明，就該知道**他**永遠都是危險的，永遠！』」不過，其他鹿顯然有不同看法。

斑比的媽媽說：「**他們**當中，有些並不危險。這點一眼就能看出來。」

「真的嗎？」老內塔問，「我想，你若一直站著不動，**他們**還會走過來跟你問好，是吧？」

斑比的媽媽柔聲答道：「我當然不會站著不動，肯定要跑的啊！」

芬妮插嘴道：「而且，每次都得跑！」聽完這句，大家都哈哈大笑。

不過，說起第三隻手，大家都越說越認真，越說越害怕。因為無論如何，不管它是第三隻手，還是什麼別的東西，都非常可怕，不是動物們能理解的。對於這第三隻手，大家都只從其他故事略有耳聞，親眼見過的少之又少。**他**一動不動地遠遠站著，你簡直不知道**他**是如何做到的。突然，一聲雷鳴

般的巨響後，火焰就從**他**手中噴射而出。而下一刻，你便胸口開花，倒在地上死掉了。談起**他**時，大家都躬身坐著，彷彿被某種未知的黑暗力量控制了。

大家對這些血腥恐怖、痛苦不已的傳說充滿好奇，不厭其煩地聽著關於**他**的一切傳說。這些傳說經過世代流傳，有些明顯是編造的，但動物們依舊下意識地在其中尋找平息或逃脫這種黑暗力量的方法。

年輕的卡魯斯相當沮喪地問：「**他**要殺掉我們時，距離遠近有差別嗎？」

「你那位聰明的烏鴉朋友難道沒解釋給你聽？」老內塔嘲諷地說。

「沒有，」卡魯斯笑了笑，「她說自己雖然能經常看見**他**，但誰也無法解釋**他**的所作所為。」

「是啊，只要**他**想，也能把烏鴉從樹上打下來。」羅納說。

「**他**還能把正在飛的野雞打下來。」埃娜姨母補充道。

斑比的媽媽說：「我奶奶告訴我，他還會向你扔出那隻手。」

「是嗎？」老內塔問，「那如此可怕的聲響又是怎麼回事？」

「那是**他**扯掉手臂的聲音。」斑比的媽媽解釋道，「然後就會火花四濺，發出那種雷鳴般的巨響。他身體裡全是火。」

「抱歉，」羅納說，「**他**體內的確全是火，但那麼說**他**的手是不對的。手不可能弄出那麼大的傷口。你親眼看看就知道了。**他**扔向我們的，更有可能是牙齒。你們知道的，如果是牙齒，很多事便解釋得通了。其實，大家都是被**他**咬死的，不是嗎？」

「**他**永遠都不會停止獵殺我們，對嗎？」年輕的卡魯斯嘆氣道。

接著，那隻年輕母鹿馬雷娜說：「他們說，有時，**他**也會跟我們住在一起，像我們一樣溫柔。**他**還會跟我們一起玩，成為我們的朋友。從此以後，整座森林都一片歡樂的笑聲。」

老內塔放聲大笑：「他還是待在自己的地方，別來打擾我們比較好。」

埃娜姨母責備道：「別這麼說話。」

「為何不能這麼說話？」老內塔反唇相譏，「我真不懂為何不能這麼說。跟**他**做朋友！從懂事起，**他**就在屠殺我們、我們的父母和我們的兄弟姐妹！我們一出生，就從未得到過安寧，每次一露臉，就要面臨**他**的殺戮。現在，我們竟然要跟**他**做朋友！真是胡說八道！」

馬雷娜睜著那雙閃亮的大眼睛，平靜地看著大家：「愛是毫無道理的。總有一天，它會到來。」

老內塔轉過身：「我要去找點吃的。」說完，她便一路小跑步著離開了。

CHAPTER 10

❖

　冬天似乎過得很慢，有時雖然會暖和一些，但緊接著又開始下雪。落雪越積越厚，彷彿根本沒辦法挖開。最糟糕的是，雪化成水，又在夜裡凍住後，地面便會出現一層滑溜溜的薄冰。薄冰常常裂成鋒利的碎片，把嬌嫩的鹿蹄扎得鮮血直流。

　幾天前，來了一場大霧，空氣越來越純淨稀薄，充滿力量，在一片清冷中，發出陣陣纖細動聽的嗡鳴。

　林中一片寂靜，但可怕的事每天都在上演。一次，一群烏鴉撲到兔子先生臥病在床的小兒子身上，殘忍地殺害了他。小兔子可憐的慘叫聲持續了好長時間。當時，兔子先生不在家。聽到噩耗後，他簡直傷心欲絕。

　還有一次，一隻松鼠被白鼬一口咬住脖子，扯出好大一個傷口。最後，他還是奇蹟般地逃脫了。雖然痛得說不出話，但大家都看見他發瘋般在樹枝間跳來跳去，還不時停下來，坐在樹枝上，絕望地舉起前爪，驚恐又痛苦地抓著腦袋，任由鮮血汩汩流到雪白的胸膛上。他跑了大約一個小時，接著突然縮起身，掉下樹，死在了雪地裡。幾隻喜鵲立刻撲上去，大快朵頤。

　還有一天，狐狸把一隻健壯的野雞撕成了碎片。那隻野雞人緣很好，相當受大家尊敬。他的死引起廣泛的同情，大家紛紛前去安慰他傷心欲絕的遺孀。

當時，那隻野雞把自己埋在雪堆裡，自以為藏得很好，卻被狐狸拉了出來。因為一切都發生在大白天，所以誰也不比野雞更有安全感。一樁樁看似沒完沒了的慘劇，讓森林彌漫著一種暴虐而苦痛的氣息。大家對過去的所有美好回憶，對彼此的信任，以及曾經的優良傳統，都被摧毀殆盡。森林裡再也沒有慈悲或安寧。

　　「真難相信人生還會好起來。」斑比的媽媽嘆氣道。

　　埃娜姨母也嘆了口氣：「真難相信，我們曾經有過那麼美好的生活。」

　　「不過，」馬雷娜望著前方，「我一直覺得，過去多好啊。」

　　「你看，」老內塔指著戈波，對埃娜姨母說，「你的小孩在發抖，他經常這樣嗎？」

　　「嗯，」埃娜姨母嚴肅地說，「前幾天，他就開始這樣抖了。」

　　「這樣啊，」老內塔向來口沒遮攔，「真高興我再也沒有孩子了。這小傢伙若是我的孩子，我都要擔心他撐不撐得過這個冬天。」

　　戈波的情況的確不太樂觀。他太弱了。一直以來，他都比芬妮和斑比虛弱，身材也比他們小。如今，他更是一天比一天糟，連能找到的那點東西也吃不下了。任何食物都讓他覺得胃痛。而且，寒冷和周遭這些可怕的慘劇也讓他筋疲力盡，抖得越來越厲害，幾乎站都站不穩。大家都用同情的眼光看著他。

老內塔走上前，友好地輕輕推了推他，說：「別那麼難過。小王子可不能這樣。而且，太傷心對身體也不好啊。」說完，她就別過臉去，不讓大家看見她有多傷心。

剛在旁邊雪地上安靜下來的羅納突然跳起，「不太對，但我又說不上來是哪裡不對。」他嘟嚷著，四處張望。

大家也警覺起來，問：「怎麼了？」

「我也說不出來，」羅納又重複了一次，「但就是覺得心慌，突然間就有了這種感覺，好像哪裡不太對。」

卡魯斯嗅了嗅空氣：「我沒聞到什麼奇怪的味道啊。」

大家靜靜地站著，一邊側耳傾聽，一邊拼命嗅空氣，然後一個接一個附和：「沒什麼啊，確實沒什麼味道。」

「好吧，」羅納堅持道，「隨你們怎麼說，我反正覺得不太對勁。」

馬雷娜說：「烏鴉在叫。」

「是啊，他們又在叫。」芬妮連忙補充，但其他鹿已經聽見了。

「他們飛起來了。」卡魯斯和其他鹿同時嚷道。

大家抬起頭。一群烏鴉拍著翅膀，飛過高高的樹梢。他們從遙遠的森林邊上飛來，危險也總是從那來的。烏鴉們吵吵鬧鬧，不停地互相埋怨。顯然，發生了什麼不同尋常的事。

「我說的沒錯吧？」羅納問，「你們看，好像出什麼事了。」

「我們該怎麼辦？」斑比的媽媽急壞了，小心問道。

「我們快跑吧。」埃娜姨母焦急地提醒大家。

「等一等。」羅納命令道。

「但孩子們，」埃娜姨母說，「孩子們怎麼辦。戈波跑不動啊！」

「那你先走，」羅納同意了，「帶著你的孩子們先走。雖然我覺得沒這必要，但你要走的話，我也不怪你。」他口氣嚴肅，充滿警覺地說。

「戈波、芬妮，快過來。慢一點，輕一點，乖乖跟在我後面。」埃娜姨母一邊警告，一邊帶著他們，躡手躡腳地離開了。

時間一點一滴過去。大家仍一動不動站在原地，抖著身體側耳傾聽。

「好像我們受的罪還不夠一樣，」老內塔氣呼呼地開口道，「還熬得過這次嗎……」斑比看著她，覺得她一定想到了什麼可怕的事。

三四隻喜鵲已經在剛才飛出烏鴉的那片灌木叢吵鬧著：「小心！小心！小心吶！」鹿們雖然看不見他們，卻能聽見他們大喊著警告同伴。有時是一隻喜鵲在大叫，有時是所有喜鵲都在叫「小心！小心！小心吶！」喜鵲們越飛越近，拍著翅膀，驚恐地從這棵樹撲騰到另一棵樹，不時回頭望望，接著又惶惑不安地拍著翅膀飛走了。

「嘎嘎！」松鴉也扯著喉嚨尖聲示警。

所有鹿都立刻縮起身體，彷彿突然遭到重擊。接著，他們依舊一動不動站著，拼命地嗅空中的味道。

是**他**。

一股濃烈的氣味飄了過來。動物們什麼也做不了，那氣味就充滿他們的鼻腔，麻痺了他們的感官，讓他們的心跳都差點停止。

　　幾隻喜鵲還在嘰嘰喳喳叫個不停，松鴉也在頭頂尖叫不止。鹿群周圍，叢林中的所有動物都躁動起來。山雀像一顆顆毛茸茸的小球，掠過一根又一根樹枝，唧唧叫著「快跑！快跑！」

　　一群烏鶇拉長聲音，從頭頂一閃而過。透過光禿禿的灌木叢，烏鶇們隱隱看見無數小小暗影掠過白色的雪地。原來，那些都是野雞。接著，一道紅影劃過，那是狐狸。然而，現在誰都不怕他了。因為那股恐怖的氣味已如潮水般湧來。它讓恐懼滲入每隻動物心裡。大家腦中只剩一個瘋狂的念頭：
趕緊逃命！

整座森林都是那股神秘而強烈的氣味，大家立刻明白了：這一次，**他**並非獨自前來，而是帶上了很多同伴。一場沒完沒了的殺戮即將展開。

　　鹿都沒動，看著山雀突然拍動翅膀，一眨眼就不見了。他們也看見烏鴉和松鼠發瘋般地在樹梢間跳來跳去。鹿知道，待在地面上的所有動物都沒必要害怕，但鹿也明白那些動物為何都要飛起來。因為他們聞到了**他**的氣味。森林中沒有哪種動物能對**他**的出現無動於衷。

　　此刻，兔子先生也跳了起來。他猶豫著，靜靜地坐了一下，又接著跳。

　　「怎麼了？」卡魯斯在後面不耐煩地問。

　　但兔子先生只是困惑地四處觀察了一番，一句話也沒說。他已經完全嚇傻了。

　　「問他有什麼用？」羅納沮喪地說。

　　兔子大口大口喘著氣，垂頭喪氣地說：「我們被包圍了！無論往哪走，都逃不掉了。到處都是**他**。」

　　就在這時，大家聽見了**他**的聲音。二、三十個有力的聲音大喊著：「吼！吼！哈！哈！」這些聲音彷彿怒吼的狂風和暴雨。**他**像敲鼓般擊打著樹幹，發出恐怖無比的聲響。樹枝被「劈哩啪啦」地折斷——那是**他們**在遠遠的灌木叢中開路！

　　他來了，正朝灌木叢深處而來。

　　接著，一隻野雞從**他**腳邊飛起。一陣長笛般尖銳短促的鳴叫和翅膀大力拍動的聲響後，鹿們聽見野雞飛入空中。

可是，他的聲音變得越來越輕。突然，一聲驚雷般的巨響驟然炸裂，接著是一片死寂，然後「砰」的一聲悶響，有什麼東西落到了地上。

「他死了。」斑比的媽媽顫抖著說。

「這是第一個。」羅納補充道。

年輕的母鹿馬雷娜說：「從現在開始，我們之中的許多鹿都會死，或許，我也是其中之一。」誰也沒聽她說話，因為大家都已經快嚇瘋了。

斑比努力思考。但**他**殘暴粗魯的聲響越來越大，麻痺了斑比的所有感官。除了那些聲音，斑比什麼也沒聽見。在一片咆哮聲、大吼聲和樹枝折斷的「劈啪」聲中，斑比渾身麻木，只能聽見自己的心怦怦跳。除了好奇，斑比什麼也感覺不到了，甚至意識不到自己的每條腿都在顫抖。媽媽的低喃不時傳入耳中：「跟好我！」其實，鹿媽媽每次都在大喊，但巨大的喧嘩聲中，斑比覺得她就跟低聲耳語沒什麼兩樣。她那句「跟好我」給了斑比勇氣，像是一根鎖鏈，牢牢拴住了他。要是沒有這句話，斑比可能早已傻乎乎的衝出去了。就在快要喪失理智，想立刻衝出去的瞬間，他聽見了媽媽的這句話。

斑比四處觀察了一番，各種動物成群結隊地從他身邊跑過，你推我擠，不時撞在一起。兩隻鼬鼠像是兩條靈活的小蛇一閃而過，速度快得幾乎看不清。一隻白鼬著魔般聽著兔子先生絕望的尖叫聲。

一隻狐狸站在一群四處亂竄的野雞中間，野雞們卻根本沒注意到他，就從他鼻子底下跑過。當然，狐狸也沒注意到

野雞。他一動不動地伸直脖子，豎起尖尖的耳朵，仔細聆聽洶湧而來的喧囂聲，拼命嗅著空中的氣味。全神貫注之中，只有尾巴在輕輕晃動。

一隻早已嚇得魂飛魄散的野雞從最危險的地方衝了上來。

「別飛！」他朝其他野雞喊，「別飛，只能跑！保持冷靜，千萬別飛！就跑，只能跑，只能跑！」

他一次又一次地重複著這些話，彷彿在鼓勵自己。但事實上，他早就不知道自己到底在大喊什麼了。

「吼！吼！哈！哈！」死亡的吶喊又傳了過來。顯然，這聲音離大家已經相當近。

「別慌！」剛才那隻野雞大叫。但就在這時，他的聲音突然變成尖如笛音的喘息。然後，他竟展開翅膀，「呼」地飛了起來。斑比看著他拍動著翅膀，在兩棵樹間筆直地往上飛，一身泛著金屬光澤、帶棕綠色斑點的深藍羽毛泛著金子般的光芒，長長的尾羽驕傲地散在身後。一聲驚雷般的巨響驟然炸裂。半空中的野雞身體一停，頓時垂下頭，彷彿要用嘴去咬自己的爪子，就那樣重重跌回地面，落入野雞群中，再也不動了。

這下，大家都失去了理智，沒頭沒腦地往彼此撞去。五六隻野雞同時「呼啦啦」地飛了起來。「別飛！」其他野雞邊跑邊喊。那驚雷般的聲音又響了五六次，更多野雞從空中掉到地上，一命嗚呼。

「快過來。」斑比的媽媽說。斑比四處張望，羅納和卡魯斯已經逃走，老內塔也不見了蹤影，只有馬雷娜還站在他

們身邊。斑比走向媽媽，害怕的馬雷娜跟在他們身後。周圍全是咆哮聲、大喊聲和雷鳴般的巨響。斑比的媽媽很冷靜，雖在默默發抖，卻沒有失去理智。

「斑比，我的孩子，」她說，「一定要跟好！我們得離開這裡，穿過那片空曠地。不過，現在我們必須慢慢走。」

喧囂聲越來越大。隨著**他**甩出那條手臂，雷鳴般的巨響又爆發了十幾次。

「小心，」斑比的媽媽說，「別跑。但等我們穿越那片空曠地時，你一定要能跑多快就跑多快。斑比，寶貝，別忘了，等我們離開這裡，你就別再管我，就算我倒下了也別管。你要一直往前跑，聽明白了嗎，斑比？」

喧囂中，鹿媽媽一步一步，小心翼翼地走著。野雞們一下子上竄下跳，一會兒又把身體埋進雪裡，有時突然停下，有時又繼續往前跑。兔子先生一家也在左跳右跳地逃命，一下蹲下，一下又開始蹦跳。誰也沒說話，大家都驚恐萬分，被周遭的喧鬧聲和雷鳴般的巨響震呆了。

斑比和媽媽的前方漸漸亮了起來。透過灌木叢，已經可以看見那片林間空地。身後，敲擊在樹幹上的可怕鼓聲越來越近，其中還夾雜著樹枝折斷的「劈啪」聲和震耳欲聾的「吼！吼！哈！哈！」。

兔子先生和他的兩個親戚跑過斑比母子身邊，衝向空地。「砰！啪！砰！」雷聲再次響起。斑比看見兔子先生撞上一棵半路上的接骨木，接著翻倒在地，露出白色的肚皮，抽搐了幾下，

就再也不動了。斑比驚呆了，但身後還是不斷傳來喊叫聲：
「**他們**來了！跑啊！快跑啊！」

突然，傳來一陣用力拍動翅膀的聲音，接著是喘氣聲、抽泣聲、羽毛簌簌落下和翅膀「啪啪」搧動的聲音。野雞們飛了起來，所有飛禽幾乎一下子全飛了起來。空中又是幾聲雷鳴般的巨響，隨後便是飛禽砸到地上的悶響和倖存者們刺耳的尖叫。

斑比聽見腳步聲，回頭一望，**他**來了！**他**衝出灌木叢，從四面八方包抄而來，一路揮砍，不僅打倒灌木，猛擊樹幹，還像惡魔般大吼大叫。

「就是現在！」斑比的媽媽說，「離開這裡，別離我太近。」說完，她縱身一躍，飛快地掠過雪地。斑比也跟著衝了出去。雷鳴般的巨響頓時在他們周圍炸響，大地彷彿都要裂成兩半。斑比什麼也看不見，只顧著往前跑。他越來越渴望逃離這片喧囂，徹底擺脫這令他窒息的氣味。逃跑的衝動越來越強烈，終於，求生的慾望在他體內全面釋放。他往前跑，似乎看見媽媽被擊中了，卻又不確定那到底是不是她。眼前漸漸模糊，對身後驚雷的恐懼牢牢抓住了他。他完全無法思考，也看不見周遭的一切，只知道一直往前跑。

他跑過空地，衝進另一片灌木叢。身後，喊叫聲依舊不絕於耳，雷鳴般尖銳的響聲也在繼續。頭頂的枝椏間一片「劈哩啪啦」的輕響，就跟第一次下冰雹時一樣。不過，這聲音越來越小。斑比還在往前跑。

一隻垂死的野雞歪著脖子躺在雪地上，無力地拍打著翅膀。聽見斑比的腳步聲，他停止抽搐，喃喃道：「我快死了。」斑比沒理他，繼續往前跑。

　　斑比跌跌撞撞地衝進一片茂密的灌木叢，被迫放慢腳步，尋找小路。正用鹿蹄不耐煩地挖著地面時，他聽到一個氣喘吁吁的聲音：「這邊！」斑比不由自主地循聲而去，沒多久就看到一片空曠地。兔子先生那虛弱的妻子正在前方挪動著。原來，剛才就是她在叫。

　　「能幫我個小忙嗎？」她問。斑比看著她，嚇得直發抖。她的後腿毫無生氣地拖在雪地上，溫熱的血汩汩往外流，融化了雪，也染紅了雪地。「能幫我個小忙嗎？」她又重複了一遍，那口氣聽起來似乎安然無恙，甚至還有些高興。「我也不知道自己怎麼了，」她繼續說，「真的沒什麼感覺，但我好像走不動路了……」

　　話還沒說完，她身體一歪，斷了氣。斑比再次被嚇壞了，拔腿就跑。

　　「斑比！」

　　聽到有鹿在叫自己，他立刻停下腳步。對方又叫了一聲：「是你嗎，斑比？」

　　斑比看見了躺在雪地裡的戈波。他一半身體都被雪埋住了，已經沒有力氣，再也站不起來，只能虛弱地抬著腦袋。斑比激動地跑上前去。

「戈波，你媽媽呢？」斑比喘著氣問，「芬妮呢？」他說得又快又急，依然心有餘悸。

「媽媽和芬妮只能繼續跑，」戈波無可奈何地說。他的聲音雖輕，口氣卻跟成年的鹿一樣嚴肅，「她們只能繼續跑。我跌倒了。斑比，你也得繼續跑。」

「起來，」斑比大叫，「快起來啊，戈波！你休息夠久了。現在一點時間都不能浪費。快起來，跟我一起跑！」

「不，別管我了，」戈波平靜地說，「我站不起來了，不可能的。我也很想站起來，但我太虛弱。」

「那你怎麼辦？」斑比堅持道。

「不知道，可能會死吧。」戈波只回了這麼一句。

喧囂聲又響了起來，久久不息。雷鳴般的爆響緊隨其後。斑比嚇得縮成一團。突然，一根樹枝「啪」的折斷了。年輕的卡魯斯從雪地上一閃而過，將陣陣喧囂拋在了身後。

「快跑！」瞥見斑比，他放聲大叫，「要是還能跑，就別站在那！」卡魯斯一眨眼就不見了，他疾馳而去的身影帶動了斑比。斑比甚至都沒意識到自己又開始跑了，過了一會，才喊了句「再見，戈波。」然而，他已經跑得很遠，戈波再也聽不見了。

斑比在林中跑啊，跑啊，一直跑到夜幕低垂。喊叫聲和雷鳴般的巨響一直持續到夜晚，森林才漸漸平靜下來。很快，一陣微風便把那無處不在的可怕氣味吹散了，但驚心動魄的感覺依舊存在。

斑比碰到的第一個朋友是羅納。他比以前更跛了。

「櫟樹叢那邊，有隻受傷的狐狸發高燒了，」羅納說，「我剛從他身邊走過。他看起來很痛苦，拼命啃地上的雪。」

「你看見我媽媽了嗎？」斑比問。

「沒有。」羅納支支吾吾地應了一聲，飛快地走開了。

入夜後，斑比又碰見了老內塔和芬妮。看到彼此，大家都很高興。

「你們看見我媽媽了嗎？」斑比問。

「沒有。」芬妮說，「我連我媽在哪都不知道。」

「好吧，」老內塔高興地說，「真糟糕，我本來還慶幸再也不用擔心孩子的事，現在卻得一下子照顧兩個。真是感謝老天！」

斑比和芬妮都笑了。

他們說起戈波。斑比告訴他們自己曾找到過他。大家越聽越難過，最後全哭了起來。但老內塔讓他們別哭了：「無論如何，你們還是得先吃點東西。一整天都沒吃東西，這種事我從沒聽過！」

她把他們帶到一個地方。那裡的葉子還沒有完全枯萎。老內塔特別體貼，自己什麼都不吃，卻叫斑比和芬妮吃飽再說。她要嘛找到一塊有草的地方，挖開積雪，對他們說「這裡的草很新鮮呢，快來吃」，要嘛就說「不，等等，再走一下，我們還能找到更好的地方。」不過，她也會不時地抱怨兩句：「帶小孩真是麻煩。」

突然，他們看見埃娜姨母，連忙衝過去。「埃娜姨母！」斑比第一個看見她，立刻放聲大喊。芬妮也高興壞了，用力圍著她跳，大聲喊著「媽媽！」可是，埃娜姨母哭得很傷心，一副筋疲力盡的樣子。

　　「戈波死了。」她哭著說，「我到處找他，去了他倒下的那片雪地……那裡什麼也沒有……他死了……我可憐的小戈波……」

　　老內塔抱怨道：「你應該先去找找他的蹤跡，這比哭好多了。」

　　「什麼蹤跡都沒有，」埃娜姨母說，「但是……**他**……那裡有**他**的氣味。**他**找到了戈波。」

　　她沉默了。接著，斑比沮喪地問：「埃娜姨母，你看見我媽媽了嗎？」

　　「沒有。」埃娜姨母輕聲應道。

　　從那以後，斑比再也沒有見過自己的媽媽。

CHAPTER 11

❖

　柳樹終於飄絮。萬物開始變綠，但樹上和灌木叢中的新葉還很小。清晨的柔光中，他們顯得那般鮮嫩，笑得彷彿剛從睡夢中醒來的孩子。

　斑比站在一片榛樹叢前，用新長出來的鹿角一下下撞擊著樹幹。這麼做讓他覺得很舒服，而且也有必要，因為漂亮的鹿角還被鹿皮包裹著。這層皮當然會脫落，但任何有腦子的動物，都不會笨到等它自己裂開。斑比一下下撞著，直到那層皮裂開，一條條掛在耳朵上。反覆撞了很多下後，斑比覺得自己的角比樹幹堅硬多了。這感覺頓時讓他無比自豪，渾身充滿力量。於是，他撞得更用力，把樹皮一條一條扯了下來。白色樹幹裸露在空氣中，很快變成鐵鏽般的紅色。斑比卻毫不在意，只看到明亮的樹幹在他的撞擊下閃閃發光。一整排榛樹叢都留下了他撞擊的痕跡。

　「哇，你差不多已經長大了。」一個愉快的聲音從旁邊傳來。

　斑比立刻抬起頭，四處張望。一隻松鼠坐在那，友好地觀察著他。突然，他們頭頂傳來一陣尖銳而短促的笑聲：「哈！哈！」

　斑比和松鼠都嚇了一跳。一隻正在啄橡樹樹幹的啄木鳥朝下方的他們說：「不好意思，但每次看到你們鹿這樣，我都忍不住想笑。」

「這有什麼好笑的？」斑比禮貌地問。

「噢！」啄木鳥說，「你們的做法明明錯了。一開始，你就該找大樹。這種弱不禁風的小榛樹上什麼都沒有啊！」

「我應該在樹上找什麼？」斑比問。

「蟲子啊！」啄木鳥哈哈大笑，「昆蟲和他們的幼蟲。看，就像這樣。」說完，他便「篤篤篤」地啄起橡樹的樹幹。

松鼠立刻衝上前來罵他：「你在說什麼啊？鹿王子才不會找什麼昆蟲和他們的幼蟲。」

「為什麼不會？」啄木鳥興高采烈地說，「他們很美味啊！」話音剛落，他就叼出半條蟲子，一口吞下肚，又「督督督」地啄了起來。

「你不懂，」松鼠繼續責備他，「鹿這樣高貴的動物，可有比捉蟲子更遠大的目標。你這麼說，只會自曝其短。」

「對我來說都一樣，」啄木鳥答道。「我沒興趣追求更高的目標。」他大聲說，拍拍翅膀飛走了。松鼠又匆匆忙忙地跑下樹。

「你難道不記得我了嗎？」他笑眯眯問。

「記得啊。」斑比指著橡樹，友好地問，「你不就住在上面嗎？」

松鼠笑嘻嘻地看著他。

「那是我奶奶，你把我們搞混了，」他說，「我就知道，你會把我當成她。斑比王子，你還是個小寶寶時，我奶奶就住在上面。她常常跟我提起你。去年冬天，一隻白鼬殺害了她，這件事你或許還記得。」

「嗯，」斑比點點頭，「我聽說了。」

「之後，我爸爸就住在這裡了。」松鼠坐直，前爪優雅地擱在白胸膛上，繼續說，「不過，你或許也把我和我爸爸搞混了。你認識我爸爸嗎？」

「真遺憾，」斑比說，「我一直沒那個機會。」

「我想也是。」松鼠滿意地大聲說，「我爸爸性格暴躁，又很害羞，從來不跟別人打交道。」

「他現在在哪？」斑比問。

「噢，」松鼠說，「上個月被貓頭鷹抓走了。沒錯⋯⋯現在，就是我住在上面。我很滿意，因為從出生起，我就一直住在那。」

斑比轉身要走。

「等等，」松鼠連忙叫道，「我不是有意要提起這些事的，我本來想跟你說說另外一件事。」

斑比停住腳步，耐著性子問：「什麼事？」

「嗯，」松鼠說，「我本來想說什麼？」他想了一下，然後突然坐直身體，用漂亮的大尾巴保持平衡，看著斑比，繼續道：「我想起來了。我想說，你的角都差不多長出來了，你肯定會成為一隻特別帥的鹿。」

「你真的這麼想嗎？」斑比開心地問。

「一定會非常帥的。」松鼠伸出前爪，興高采烈地按著白胸口，大聲說，「你的鹿角這麼高大，這麼威嚴，角尖還那麼長，非常罕見！」

「真的嗎？」斑比太高興了，又開始撞榛樹的樹幹，扯下一條條長長的樹皮。

松鼠一直滔滔不絕地說著：「我必須說，你這年紀的鹿，很少能有這樣的鹿角。真是太不可思議了！去年夏天，我遠遠看過你幾次，真不敢相信，那個又瘦又小的孩子就是你。」

斑比突然安靜下來，匆匆說了聲「再見，我得走了」，便跑開了。

斑比不想別人提起去年夏天。從那之後，他一直過得很艱難。一開始是媽媽不見了，讓他覺得無比困惑。接著就是沒完沒了的漫長冬天。春天不僅姍姍來遲，萬物還過了很長的時間才開始變綠。如果沒有老內塔，斑比可能根本撐不過來。還好有老內塔盡心盡力地照顧他，幫助他。儘管如此，很多時候他還是得獨自待著。

他常常想念戈波。可憐的戈波已經跟其他動物一樣死掉了。那年冬天，斑比常常想起他，第一次真正開始欣賞戈波的善良和可愛。

他很少看到芬妮。大部分時間，芬妮都跟她媽媽待在一起，而且似乎越來越害羞了。直到天氣完全回暖，斑比才慢慢找回原來的感覺，驕傲地高昂起自己的第一對鹿角，心中充滿自豪。但沒過多久，他便嘗到了失望的苦澀滋味。

其他雄鹿一看到斑比，就會憤怒地把他趕跑，不讓他靠近。最後，斑比甚至會因為害怕被追到，一步也不敢上前。無論走到哪，他都很怕被別的雄鹿看見，總是沮喪地選擇那些隱蔽的小路。

夏季，隨著天氣一天天暖和起來，斑比越來越坐立不安，心頭那種既痛苦、又甜蜜的渴望也越來越強烈。無論什麼時候，只要有機會看見芬妮或她的那些朋友，即便還隔著一段距離，他也會馬上莫名興奮，恨不得立刻衝上去。當他發現她的蹤跡，或聞到她就在附近時，更是如此。這時候，他都會不由自主地被她吸引，可是一旦放任自己追上去，往往又要撲空。有時，他可能轉了半天，也見不到一隻鹿，只得承認她們在躲他；有時，一隻雄鹿迎面撲來，對他又踢又打，把他打得狼狽逃跑。其中，就屬羅納和卡魯斯對他最糟。唉，那段日子真不好過！

現在，這隻松鼠又愚蠢地提起那段日子。斑比頓時煩悶起來，拔腿就跑。見他發瘋般地衝過灌木叢，山雀和籬雀都

嚇得飛了起來，亂成一團，驚恐地問：「發生什麼事了？」斑比卻充耳不聞。一對喜鵲緊張地說：「怎麼了？怎麼了？」松鴉生氣地碎唸：「你是不是有病啊！」但斑比根本不理他。頭頂，一隻黃鸝在大樹間飛來飛去，高聲唱著：「早安，我好開心！」然而，斑比還是沒回應。明媚的陽光把灌木叢照得亮透透的，斑比卻渾然不覺，一刻不停地往前飛奔。

突然，響起一陣大力拍動翅膀的聲音。一個五顏六色的東西從斑比腳邊躍起，炫目的光就在他眼前閃耀，嚇得他立刻停住腳步。原來是野雞傑內羅。傑內羅驚恐地飛了起來，因為斑比差點踩到他。他一邊飛，一邊扯著喉嚨大罵：「真的從沒碰到過這種事！」斑比愣站在原地，目瞪口呆地看著他。

「還好這次沒事，不過，你也太魯莽了。」一個溫柔的聲音從地面傳來。是野雞的妻子喬內娜。她正坐在地上孵蛋，平靜地說：「我丈夫被你嚇壞了，我也是。但我可不願離開。無論發生什麼事，我都要待在這，哪怕你踩到我身上，我也不會動。」

斑比有些不好意思，結結巴巴地說：「對不起，我不是故意的。」

「噢，沒關係。」野雞太太說，「畢竟也沒發生什麼大事。但我們現在都很緊張，你應該能理解吧……」

斑比完全聽不懂她在說什麼，只得繼續往前走。這下子，他已經安靜多了。森林裡充滿美妙的歌聲，陽光越來越明亮溫暖，灌木叢中的樹葉、腳下的青草和濕潤的泥土聞起來也

更加香甜。斑比覺得體內充斥著青春的活力。這股力量還源源不絕地奔向四肢。但因為克制而略顯僵硬的步伐，他看起來像具機器人。

　　他走到一叢低矮的赤楊木前，高高抬起腳，狠狠地踹向地面，踢得泥土四處飛濺。兩隻尖尖的鹿蹄把那裡的草皮踢翻了，露出下方的林生野豌豆、韭菜、紫羅蘭和野茉莉。他踢啊、踹啊，直到那片裸露的土壤被劃出一道道深溝。他每踏一次，地面都會發出一聲沉悶的迴響。

　　兩隻鼴鼠正在交錯盤繞的樹根間挖得上癮。聽到聲響，他們焦躁地探出頭，看見了斑比。

　　「那樣挖土真荒謬。」一隻鼴鼠說，「從沒聽過誰會那樣挖土，對吧？」

　　另一隻鼴鼠一撇嘴角，嘲諷地笑道：「你一眼就能看出這傢伙什麼都不懂。不過，那些明明一竅不通，卻非要瞎搞的傢伙都這樣。」

　　斑比突然停下來，仔細傾聽周圍的動靜。然後，他甩甩頭，又聽了聽，認真觀察樹葉後的情況。一道紅影在枝葉間閃過，還隱隱可見一對鹿角閃著微光的角尖。斑比喘著氣，不管是誰在圍著他轉，卡魯斯也好，別的鹿也好，都無所謂。「衝啊！」斑比發動進攻，心裡想著，「我要讓他們看看，我再也不怕他們了！」這麼想著，他一下子興奮起來，「我要讓他們知道，以後最好小心點！」

樹枝被他衝得「沙沙」作響，灌木也「劈哩啪啦」地折斷不少。接著，斑比看到正前方有隻鹿。頭暈目眩之下，他什麼都沒看清，也沒認出他來，滿腦子只有一個念頭——「衝啊！」他已經做好搏鬥的準備，低下鹿角，把所有力量集中在肩膀，就那麼筆直衝了過去。然後，斑比聞到對方皮毛的味道。但除了紅色的側腹，他什麼也看不到。那隻雄鹿輕輕一側身，沒有撞上任何障礙的斑比撲空，差點摔成四腳朝天。他跌跌撞撞地穩住身形，準備開始新一輪攻擊。

　　就在這時，他才發現，對方竟然是老鹿王。

　　斑比驚呆了，頓時手忙腳亂起來。他很想立刻逃走，又覺得這麼做很丟臉，但待在原地似乎也有些不好意思。結果，他站在原地，一動未動。

　　「怎麼了？」老鹿王平靜而溫和地問。他的聲音很坦誠，卻充滿威嚴，立刻觸動了斑比，讓他一時忘了回答。

　　「怎麼了？」老鹿王又問了一次。

　　「我以為……」斑比結結巴巴地說，「我以為……是羅納……或者……」他沒再說下去，鼓起勇氣，怯生生地瞥了老鹿王一眼，心中卻更困惑了。老鹿王威嚴地站在那裡，一動不動。雖然他頭上的毛髮已經全部變白，一雙深邃的黑眼珠卻傲氣十足。

　　「怎麼不攻擊我了？」老鹿王問。

　　斑比欣喜若狂地看著他，但同時也有種莫名的恐懼。他很想大聲說「因為我尊敬你」，但脫口而出的，卻是「我不知道……」

老鹿王看著他，說：「很久沒見到你了，你都長這麼大，這麼壯了。」

　　斑比沒說話，他已經高興得渾身顫抖。老鹿王仔細觀察了他一下，接著竟突然走上前。這把斑比嚇倒了。

　　「勇敢點。」老鹿王說。

　　說完，老鹿王轉過身，沒多久就消失了。斑比卻愣愣地立在原地，站了好久。

CHAPTER 12

　　夏天到了，天氣變得很熱。斑比又感覺到之前那種渴望。它越來越強烈地在體內躁動，在血液裡沸騰，搞得他心神不寧。於是，斑比只好躲得遠遠的。

　　一天，他遇到了芬妮。這事非常意外。當時，那不安分的慾望正折磨著他，令他困惑不已，感官也變得無比遲鈍，所以他一時間甚至沒認出芬妮。她就站在他眼前，斑比卻一言不發地盯著她看。接著，他才彷彿著了魔般，說：「芬妮，你變得好漂亮！」

「你終於認出我啦？」芬妮說。

「我怎麼會認不出你？」斑比大聲道：「我們不是一起長大的嗎？」

芬妮嘆了口氣：「我們真的好久沒見過面了。」接著，她又補充道：「長大後，大家都變陌生了。」但說這話時，她已經恢復以往那種愉快的口吻。他們又在一起了。

「小時候，我常常跟媽媽走這條路。」過了一下，斑比說。

「這條路通向草地。」芬妮說。

「我第一次見到你就是在草地上，」斑比有些鄭重地問，「你還記得嗎？」

「記得，」芬妮答道，「戈波和我。」她嘆了口氣，輕聲說：「可憐的戈波……」

斑比也感嘆道：「可憐的戈波。」

接著，他們開始回憶過去，一直追著對方問：「你還記得嗎？」發現彼此都記得所有事，他們都很開心。

「我們過去常常在草地上玩，你還記得嗎？」斑比回憶道。

「是啊，就像這樣！」說著，芬妮箭一般衝了出去。起初，斑比還有些吃驚，接著就立刻追了上去，輕快地大叫：「等等！等等！」

「才不等，」芬妮逗他，「太忙了啦，停不下來！」她輕盈地一躍，就在草地和灌木叢間繞著圈跑開了。最後，斑比終於追上去，把她攔了下來。他們靜靜地並肩而立，都滿足地笑了。突然，芬妮躍入空中，彷彿被什麼東西擊中一般，重新

蹦跳著跑開了。斑比連忙追上去。芬妮跑了一圈又一圈，總有辦法躲開他。

「停！」斑比氣喘吁吁地喊，「我有事想問你。」

芬妮停了下來。

「什麼事？」她好奇地問。

斑比卻沉默了。

「噢，原來你是騙我的啊！」說完，芬妮又轉身要跑。

「不是的，」斑比連忙說，「停下來！停下來！我想……我只是想問……芬妮，你愛我嗎？」

她望著他，不僅更加好奇，還多了點戒備之意。「我不知道。」她說。

「但你必須知道，」斑比不依不饒，「芬妮，我非常清楚我愛你，很愛很愛。告訴我，你難道不愛我嗎？」

「或許，我也是愛你的。」她羞澀地說。

「你會跟我待在一起嗎？」斑比熱切地問。

「你好好拜託我的話，也許吧。」芬妮輕快地說。

「拜託，親愛的。拜託。我心愛的、美麗的芬妮。」斑比深情大喊，「你聽見了嗎？我真的想跟你在一起。」

斑比欣喜若狂，又追了上去。芬妮筆直穿過草地，轉了個彎，就消失在了灌木叢裡。斑比正準備也轉個彎追上去，灌木叢中突然傳來一陣響亮的「沙沙」聲。卡魯斯突然跳了出來。

「站住！」他大叫道。

斑比忙著追芬妮，根本不理他。「讓我過去，」他著急地說，「我沒時間理你。」

「滾出去！」卡魯斯生氣地命令道，「立刻滾開，否則我打到你斷氣！不准再跟著芬妮！」

去年那段經常想來都覺得痛苦不已的回憶，又浮現在斑比心頭。他頓時氣到不行，一句話也沒說，低下鹿角，就朝卡魯斯衝了過去。

但斑比的進攻勢不可擋，卡魯斯還沒回過神，便躺在了草地上。雖然閃電般的重新站起，但還沒站穩，他又被斑比新一輪的攻擊頂得左搖右晃。

「斑比，」他大叫，「斑⋯⋯」他剛想再喊一聲，斑比已經發動第三輪攻擊，朝著他的肩膀衝過去，痛得他差點昏過去。

卡魯斯連忙閃到一旁，躲開斑比的又一輪衝擊。不知道為何，他突然覺得很虛弱，也不安到感到這一擊可能是生死搏鬥。他渾身發冷，驚恐地掉頭就跑。斑比一言不發地緊追不捨。卡魯斯知道斑比是真的發怒了，肯定會毫不留情殺掉自己。這念頭讓他完全失去理智，跑得像飛的一樣，逃離小路，最後終於跳進灌木叢。他唯一的希望，就是逃跑。

斑比卻突然停了下來，但驚恐萬分的卡魯斯根本沒發現，仍拼命往灌木叢裡鑽。斑比之所以停下，是因為聽見了芬妮的尖叫。她的聲音痛苦又害怕，斑比趕緊轉身往回跑。

跑回草地後，他發現羅納已經把芬妮追得逃進灌木叢。

「羅納！」斑比大叫，甚至沒意識到自己已經喊出了聲。

羅納停了下來，因為腳不方便，他跑得並不快。

「噢，原來是我們的小斑比啊，」他輕蔑地說，「找我有事？」

「嗯。」斑比強忍怒火，儘量平靜地說，「我希望你別再騷擾芬妮，立刻離開這裡。」

「說完了？」羅納冷笑道，「你真無禮，我怎麼可能答應這種要求。」

「羅納，」斑比仍好言好語地說，「我好言相勸。你如果現在不走，等等就算想跑，也跑不了了。」

「是嗎！」羅納憤怒地咆哮，「你竟敢這樣跟我說話？因為我腳不方便嗎？不，你們大多數不都看不出這點嗎？或者，因為卡魯斯那個可憐的膽小鬼，你就以為我會怕你？我警告你……」

「不，羅納，」斑比打斷他，「是我警告你，趕緊離開！」斑比聲音發抖著，「羅納，我一直很喜歡你，一直以為你非常聰明。你比我大，所以我還很尊敬你。我說最後一次，趕緊離開。我沒什麼耐心了！」

「真遺憾，你的耐心就這樣而已。」羅納嘲笑道，「小子，真是遺憾吶。但放輕鬆，我很快就能幹掉你，用不了多久。你可能已經忘了過去經常被我追得到處跑吧！」

想起這件事，斑比再也忍不住，什麼也沒說，低下腦袋，就像頭野獸般衝上去撕咬羅納。兩對鹿角「砰」的撞在一起。羅納雖然穩穩站住了，卻訝異斑比竟然毫不退縮。這突如其來的攻擊讓他驚訝不已，因為他沒想到斑比會先進攻。斑比強大的力量讓他不安，也讓他明白自己必須全力迎戰。

他們死命地抵著對方的頭，羅納趁機耍了個花招，突然改變重心。斑比頓時失去平衡，跌跌撞撞地朝前栽去。

斑比用後腿撐住身體，還沒完全站穩，就更加憤怒地重新撲向羅納。「啪」的一聲，羅納鹿角上的一個角尖應聲折斷。羅納覺得自己的頭都碎了，眼冒金星，耳朵嗡嗡作響。然後，羅納的肩膀又遭重擊。他再也喘不過氣，一下子跌倒在地。斑比則站在一旁，怒氣衝衝地盯著他。

「放我走吧。」羅納呻吟道。

斑比仍然猛攻不停，滿腔怒火，似乎根本沒想過要手下留情。

「求求你，別打了！」羅納可憐地哀求：「你不知道我是個殘障嗎？我剛才跟你開玩笑呢。放過我吧。你難道連個玩笑都開不起？」

斑比一言不發地放開他。羅納疲憊地起身，什麼都沒說，流著血一跛一跛地走了。

斑比正準備去灌木叢尋找芬妮，她卻自己走了出來。她一直站在樹林邊，把剛才發生的一切都看在眼裡。

「真棒。」她開心地笑了，接著溫柔而鄭重地加了一句：「我愛你。」

他們並肩同行，幸福地走了。

CHAPTER 13

❖

某一天，他們走進森林深處，去尋找斑比最後一次見到老鹿王的那片小空地。斑比把老鹿王的事全講給芬妮聽，越講越興奮。

「或許我們還能遇到他，」斑比說，「我很想讓你見見他。」

「能遇到就好了，」芬妮大膽地說，「我也很想跟他聊天。」不過，芬妮並沒有說實話。因為她雖然十分好奇，卻很怕那隻老鹿。

薄暮變成朦朧的灰色，太陽快下山了。

他們肩並肩，靜靜地走著。灌木叢上的樹葉晃動著。無論往哪個方向看，視野都非常清晰。突然，附近傳來一陣「沙沙」聲。他們停下腳步，循聲望去。一隻老鹿威嚴地穿過灌木叢，緩緩走進空地。褐色的暮光裡，他就像道巨大的灰影。

芬妮不由自主地大叫出聲。斑比雖然也嚇壞了，卻努力克制，把那聲已到喉嚨的尖叫忍了回去。但芬妮的聲音聽起來那麼無助，讓心生同情的斑比很想去安慰她。

「怎麼了？」斑比顫聲問道，「你怎麼了？他又不會傷害我們。」

芬妮又尖叫了一聲。

「親愛的，別這麼害怕。」斑比懇求道，「這麼怕他太荒謬了。畢竟，他也是我們的一員啊。」

但芬妮還是無法平靜。她一動不動地僵在原地，呆呆地看著老鹿王漫不經心朝他們走來，依舊不停尖叫。

「冷靜，」斑比哀求道，「不然，他該怎麼看待我們啊！」

但芬妮就是安靜不下來。「他愛怎麼樣就怎麼樣，」她還是呦呦地叫個不停：「哇啊！吼唷……他那麼大，好可怕啊！」

芬妮不停地叫著，「哇啊！別過來！我忍不住，我就是想叫，哇啊，哇啊，哇啊！」

老鹿王來到空地，在草叢中尋找美食。

斑比一隻眼睛看著歇斯底里的芬妮，另一隻眼睛瞥向平靜的老鹿王，突然鼓起勇氣。安慰芬妮的那些話讓他戰勝了自己的恐懼。每次看到老鹿王，斑比總會害怕，但也會興奮，心中對他既欽佩又順從。這下子，斑比暗暗責備自己不該這樣。

「真荒謬，」他艱難地做出決定，「我要直接走過去，告訴他我是誰。」

「不要！」芬妮大叫，「別去！會發生很可怕的事情。啊！」

「無論如何，我一定要去。」斑比說。

老鹿王從容地享受著美食，根本沒理會大喊大叫的芬妮，似乎也不屑理他。斑比頓時覺得自己被冒犯和羞辱了。「我一定要去，」他說，「安靜點。等著看吧，什麼事都不會發生。就在這裡等我。」

他走了出去，芬妮卻沒有留下來等他。她既不想，也根本沒勇氣乖乖聽話，反而立刻轉過身，「哇啊哇啊」地大叫著跑了。她覺得，這才是最好的選擇。斑比聽見她幽幽的叫聲越來越遠。

斑比本來想跟她一起走，這下為時已晚。於是，他只能鼓起勇氣，繼續往前。

透過枝葉間的縫隙，他看見老鹿王頭緊依著地面，站在空地上。他越往前走，越覺得心跳得厲害。

老鹿王立刻抬起頭，看向斑比。但接下來，他的目光又筆直望向前方。那駐足凝望的模樣，好像眼前根本沒有別人。見他這樣看自己，斑比覺得他真是傲慢極了。

斑比不知道該怎麼做了，他本來決定要跟老鹿王說話，想對他說：「你好啊，我叫斑比。能問問您叫什麼名字嗎？」

是啊，一切看起來如此簡單。現在，這件事卻沒那麼容易了。下定決心有什麼用？斑比不想顯得沒禮貌，但要是一言不發地走出去，肯定會給別人留下這種印象。不過，一旦開口說話，他就得走上前去。斑比似乎也不想出去。

老鹿王這般高大威武，讓斑比既開心又謙卑。他努力鼓起勇氣，卻失敗了。他不停地問自己：「我為什麼要怕他？難道我沒有跟他一樣好嗎？」但這些都沒用。斑比還是很害怕，打從心底裡覺得自己遠遠比不上老鹿王。他十分沮喪，用盡全身力氣，才維持住臉上的鎮定。

老鹿王看著他，心想：「他真帥，真迷人，那麼優雅自信。可是，我不該盯著他看，真的不應該，這說不定還會讓他很

尷尬。」於是，他的目光越過斑比頭頂，又望向遼遠空曠的天際。

「這眼神真傲慢，」斑比想，「受不了，有些鹿怎麼都是這樣！」

老鹿王心想：「好想跟他聊聊，他看起來真可憐。永遠不跟陌生人說話的話，多笨啊！」他若有所思地看著前方。

「對他來說，我大概跟空氣差不多吧，」斑比自言自語道，「這傢伙真是一副『我最強』的模樣。」

「我應該跟他說什麼呢？」老鹿王琢磨著，「我很少說話。要是說出什麼蠢話，那就丟臉了⋯⋯他肯定非常聰明。」

斑比鼓起勇氣，堅定地望著老鹿王，絕望地想：「他真有威嚴啊！」

「唉，還是下次再說吧。」想到這，老鹿王便離開了，雖然不甘心，卻依舊威武強壯。

斑比則站在原地，心裡相當苦澀。

CHAPTER 14

✤

　　烈日下的森林一片悶熱。自從太陽升起，天空就連一絲
雲也見不到了。一輪烈日彷彿把蔚藍的天空烤得沒了氣息。
草地和樹梢上的空氣都在顫動，宛如火焰上方騰起的透明波
紋。樹葉和草葉都一動不動，鳥們不叫了，懶洋洋地躲進樹
蔭裡。灌木叢裡的所有小路都空蕩蕩的，見不到一隻動物。
整座森林好像被炫目的陽光曬傷了，土地、樹木、灌木叢和
動物們呼吸著酷熱的空氣，全都懶懶地不想動。

　　斑比睡得正甜。

　　昨天，他和芬妮玩了一整晚，圍著她又蹦又跳，高興得
連飯都忘了吃。後來，天亮了，他筋疲力盡，反而不再覺得餓，
就那麼站在灌木叢中，眼睛一閉，沉沉地睡著了。

　　陽光下，杜松散發著陣陣辛辣刺鼻的苦味，混著桂葉、
芫花的花香，在斑比頭上繚繞著，給熟睡的他帶來新的活力。
突然，他昏昏沉沉地醒了過來。是芬妮在叫他嗎？斑比四處
張望。他記得，自己躺下時，芬妮就在附近那棵山楂樹下啃
葉子。他以為她會一直留在這，她卻離開了。這下子，芬妮
顯然已經厭倦了獨自待著，正在叫斑比過去找她呢。

　　斑比一邊聽，一邊思考自己到底睡了多久。芬妮肯定已
經叫了好多聲了吧。迷迷糊糊間，他也弄不清楚。

她的叫聲又傳了過來。斑比一側身，跳了起來。他轉向聲音傳來的方向，又聽見一聲呼喚，頓時開心極了，完全清醒了。平靜下來後，斑比覺得渾身都充滿力量，只是肚子餓了。

　　又傳來一聲清晰的呼喚，纖細如鳥兒鳴叫，充滿柔情和渴望：「來呀，快來啊。」

　　沒錯，是她的聲音。是芬妮。斑比跑得太快，以至於他衝進灌木叢後，乾枯的樹枝和熱烘烘的綠葉都沒發出聲音。

　　但跑著跑著，他卻不得不突然停下，突然閃到一邊，因為老鹿王站在那，擋住了他的去路。

　　斑比滿腦子都是愛情，根本沒力氣理會別的事。此刻，老鹿王對他來說已經不重要，以後還可以碰面。現在，無論多麼高貴的雄鹿，斑比都沒時間理。他心中只有芬妮，於是匆匆問候了一聲老鹿王，就急著要走。

　　「去哪？」老鹿王急切地問。

　　斑比有些尷尬，很想找個藉口混過去，卻還是改變主意，誠實地答道：「去找她。」

　　「別去。」老鹿王說。

　　斑比生氣了。不去找芬妮？老鹿王怎能這麼說？「我就直接跑開吧。」斑比想。他飛快地瞥了老鹿王一眼。然而，對方深邃的目光頓時讓他愣住了，雖然焦急得渾身顫抖，他還是沒有跑開。

　　「她在呼喚我。」斑比心急如焚地解釋，「別再攔著我了。」

　　「不，」老鹿王說，「她沒呼喚你。」

那個纖細如鳥兒鳴叫的聲音又傳了過來：「快來！」

「聽，」斑比急切地說，「她又在叫我了。」

「我聽見了。」老鹿王點點說。

「那……再見。」斑比不停地往後退。

「站住！」老鹿王命令道。

「您到底想幹什麼？」斑比不耐煩地大喊：「沒時間了，讓我走吧。求求您，芬妮在叫我……您應該也看到了……」

「我告訴過你了，」老鹿王說，「那不是她。」

斑比氣急敗壞地說：「但我知道，那就是她的聲音啊！」

「聽我的就對了。」老鹿王繼續說。

聲音又傳了過來。斑比覺得腳下的大地都開始燃燒了，哀求道：「等一下吧，我馬上就回來。」

「不，」老鹿王哀傷地說，「你去了，就再也回不來了。」

又傳來一聲呼喚。「我要去！我一定要去！」斑比大喊。他已經快失去理智。

老鹿王用不容質疑的口氣說：「那我們一起去。」

「快點！」斑比大叫著就要往外跳。

「不，慢慢走。」老鹿王威嚴的聲音讓斑比只得乖乖聽話。「跟在我身後，一次只准走一步。」

老鹿王慢慢地往前走，斑比跟在後面，著急得一直嘆氣。

「聽著，」老鹿王不停地說，「無論那聲音叫得多急，也別離開我半步。如果那是芬妮，你很快就能見到她。但如果不是芬妮，別讓自己受到誘惑。從現在開始，一切都取決於你是否相信我。」

斑比不敢違抗，默默地順從了。

老鹿王慢慢向前走，斑比跟在他身後。他真聰明啊，腳下沒發出一點聲音，沒有晃動一片樹葉，也沒有折斷一根樹枝。他們在茂密的灌木叢中潛行，毫無聲音地穿過殘枝交錯的古老叢林。斑比從未見過誰能這樣行動，儘管心急如焚，但驚訝之餘，還是不得不對老鹿王心生敬佩。

呼喚聲一次又一次地傳來。老鹿王停住腳步，側耳傾聽，不停地點頭。斑比站在他身旁，忍得無比辛苦，急得渾身顫抖。他真不明白他到底在幹什麼。

老鹿王停了幾次。即便沒有呼喚聲傳來，他也會抬起頭，又是傾聽，又是點頭。斑比卻什麼也沒聽見。有時，老鹿王還會偏離呼喚聲傳來的方向，故意繞路。為此，斑比真是怒火中燒。

呼喚聲接連不斷地傳來。他們離它越來越近，越來越近。終於，他們馬上就要到了。

老鹿王低聲道：「無論看見什麼，都不要動，聽明白了嗎？看好我是怎麼做的，小心的跟著我做。別被迷惑了！」

他們又往前走了幾步。突然，一股濃烈刺鼻的氣味迎面而來。那味道斑比再熟悉不過。聞多了這味道，斑比差點放聲大叫。但他還是像釘在地上那樣，穩穩地站住了，心都差點跳到喉嚨。老鹿王鎮靜地站在他身旁，四處觀察著周圍的情況。

他站在那裡！

他離他們非常近，就靠在榛樹叢後一棵橡樹的樹幹上，輕輕地呼喚著：「來呀，快來啊！」

斑比徹底迷惑了。正在驚恐中，斑比漸漸明白，是**他**在模仿芬妮的聲音。是**他**在呼喚，「來呀，快來啊！」

斑比頓時渾身發冷，想逃跑的念頭狠狠撕扯著他的心。

「別動。」老鹿王趕緊輕聲命令，彷彿早就料到斑比會嚇得想逃。於是，斑比只得努力忍耐。

雖然怕得要死，斑比還是感覺到老鹿王似乎先責備地看了自己一下，隨即才換成嚴肅卻和藹的眼神。

斑比眨眨眼，瞥向**他**站的地方，覺得他那樣可怕，自己真是再也受不了了。

彷彿讀懂斑比的心思，老鹿王低聲說了句「我們回去吧」，就轉過了身。

他們小心翼翼地潛行。老鹿王選擇的路線彎彎曲曲，非常奇怪，斑比完全無法理解。於是，他又一次強忍著急切的心情，跟在後面。來時的路上，渴望見到芬妮的念頭讓斑比備受折磨，此刻，想逃跑的慾望又在他的血管裡沸騰不已。

但老鹿王仍然走得很慢，還不時停下來側耳傾聽，然後又開始新一輪的左轉右轉，走走停停，慢慢在前方帶路。

此時，他們已經遠離那個危險之地。「他要是再停下來，」斑比想，「我應該就能提問了吧。我要感謝他。」

但就在這時，老鹿王突然鑽進一片茂密的山茱萸叢，在斑比眼皮底下消失了。而且，偷偷溜走的他竟沒有驚動一片樹葉，也沒有折斷一根樹枝。

斑比連忙跟上去，也想毫無聲音地鑽過那片灌木叢，儘量

不弄出任何聲響。但他沒那麼幸運。樹葉發出輕微的「沙沙」聲，樹枝也被他的側腹壓彎，又「啪」地一聲彈回來。乾枯的小樹枝碰到他的胸口，發出清脆的折斷聲。

「他救了我一命，」斑比不住地想，「我該對他說什麼呢？」

但老鹿王已經不見了。斑比鑽出灌木叢，周圍是一大片黃色的麒麟草。他抬起頭四處觀察。目光所及，一片正在晃動的葉子都沒有。他又是獨自一人了。

突然沒了任何束縛般，一股逃走的衝動讓斑比拔腿就跑。麒麟草彷彿遇上鐮刀般，「嗖嗖」倒在他翻動的鹿蹄下。

四處轉了好長一段時間，他終於找到芬妮。此時，他已經上氣不接下氣，雖然筋疲力盡，卻十分暢快，激動的心情久久無法平息。

「親愛的，求求你，」他說，「求求你，再也不要那樣呼喚我。我們可以尋找彼此，但再也不要呼喚……因為，我真的無法抗拒你的聲音。」

CHAPTER 15

❖

　幾天後，斑比和芬妮在草地那頭的橡樹叢裡無憂無慮地散著步。他們必須先橫穿草地，才能踏上從前那條橡樹邊的小路。

　隨著周圍的灌木越來越稀疏，他們停下腳步，向外張望，竟然同時看見一道紅影在橡樹邊移動。

　「那會是誰呢？」斑比輕聲問。

　「可能是羅納或卡魯斯吧。」芬妮說。

　斑比很懷疑。「他們再也不敢靠近我，」他邊說，邊眼光銳利地朝前看，肯定地道：。「不，不是卡魯斯或羅納，是一隻陌生的鹿。」

　芬妮表示贊同，吃驚又好奇地說：「沒錯，是隻陌生的鹿。我也看出來了，真奇怪！」

　他們一眨不眨地盯著那隻鹿。

　「他真不小心。」芬妮大聲說。

　「笨蛋，」斑比說，「真是個笨蛋，表現得跟個孩子一樣，彷彿那裡毫無危險。」

　「我們過去吧。」芬妮提議。她的好奇心已經占了上風。

　「好吧。」斑比應道，「走吧，我也想好好看看那傢伙。」

　他們往前走了幾步，芬妮便停了下來。「他如果想跟你打架怎麼辦？」她說，「他很壯呢！」

「噗！」斑比高高地昂起頭，擺出一副不屑的神情，「看看那對小鹿角，我會怕他？那傢伙挺胖的，毛髮也挺有光澤，但他壯嗎？我不覺得。走吧！」

他們繼續往前走。

那隻陌生的鹿正忙著啃青草，直到斑比和芬妮跨過大半塊草地，才發現他們。下一刻，他就立刻朝他們奔來，又蹦又跳，輕快得像個好奇的孩子。斑比和芬妮吃驚地停住腳步，等他過來。跑到離他們還有幾步遠的地方，他也停了下來。

過了一會兒，他才開口：「你們難道不認識我了？」

斑比低下頭，做好戰鬥準備，反問道：「難道你認識我們？」陌生人打斷他，有些責備，又理直氣壯地大叫道：「斑比！」

聽到自己的名字，斑比嚇了一大跳。那聲音好像勾起了他心中遙遠的記憶。然而，芬妮已經朝那位陌生人奔了過去。

「戈波！」她大喊一聲，再也說不出話，只是默默站在那兒，激動得都快無法呼吸了。

「芬妮，」戈波溫柔地喚道，「芬妮，姐姐，只有你認得我。」他跑過去親她的嘴，淚水順著臉頰滾滾而下。芬妮也哭了，一句話也說不出來。

「戈波，」斑比深受感動。他無比困惑，也滿心好奇，顫聲道：「所以，你沒死。」

戈波哈哈大笑：「你看，我沒死。我想，這點你至少能看出來吧。」

「可是，那次在雪地裡到底發生了什麼事？」斑比追問。

「噢，那時候啊！」戈波若有所思地說，「那次，**他**救了我。」

「一直以來，你都在哪？」芬妮驚訝地問。

「跟**他**在一起，」戈波答道，「我一直跟**他**待在一起。」

他不再說話，只是看著芬妮和斑比，對他們抑制不住的驚訝表情感到有趣。然後，他繼續道：「沒錯，親愛的，我認識了好多東西，這座古老森林裡的所有動物加起來，都沒我知道得多。」他有些洋洋得意，斑比和芬妮卻沒在意，因為他們還驚訝得不能自已。

「快跟我們說說，」芬妮開心地吵道。「噢，」戈波滿意地說，「我整整一天也講不完。」

「那就快說呀！」斑比催促道。

戈波轉向芬妮，神情嚴肅起來。「媽媽還活著嗎？」他害怕地柔聲問道。

「嗯。」芬妮開心地大聲道，「她還活著。不過，我已經很久沒見過她了。」

「我現在就去找她，」戈波已經下定決心，「你們要一起去嗎？」

於是，他們全去了。

一路上，大家沒再說話。斑比和芬妮感覺到戈波想見媽媽的迫切心情，所以尊重他的心情，什麼都沒說。戈波急匆匆地走在前面，也一言不發。

只有當戈波沒頭沒腦地衝過岔路口，或突然加速轉錯了彎，他們才會輕聲提醒，有時由斑比小聲說一句「走這邊。」有時由芬妮說「不，不，我們現在應該走這條路。」

好多次穿過開闊的空地時，他們都發現戈波從來不會在灌木叢邊緣停下，也不事先觀察，而是毫無顧忌地筆直衝出去。每每此時，斑比和芬妮都會驚訝地對視一眼，卻終究什麼都沒說，只是有些猶豫地跟上戈波的腳步。有時，他們還是不得不一邊徘徊，一邊四處張望。

　　戈波立刻想起小時候走過的那些路。他開心極了，根本沒發現是斑比和芬妮在帶著自己走。他轉身看著他們大聲說：「怎麼樣，我還能找到路吧？」斑比和芬妮又對視一眼，依舊什麼都沒說。

　　很快，他們來到一片綠蔭掩蓋的小山谷。「快看！」芬妮大喊著跑了進去。戈波跟上，卻又停了下來。那片林中空地正是他們的出生之地，也是小時候和媽媽一起待過的地方。戈波和芬妮對望一眼，誰都沒說話。但芬妮溫柔地親了親弟弟的嘴。接著，他們又匆匆上路了。

　　他們前前後後走了將近一個小時。枝葉間灑下的陽光越來越亮，森林也越來越靜謐。已經到了可以躺下好好休息的時候，戈波卻一點都不累。他飛快地走在前面，興奮難耐地喘著粗氣，漫無目的地觀察著周圍的動靜。只要一有鼬鼠鑽出灌木叢，溜過他腳邊，他都會嚇得縮起身體。有次，他差點踩到幾隻野雞。野雞們大聲喝斥，用力拍打著翅膀飛起來時，他也嚇了一大跳。戈波這種沒頭沒腦亂轉的奇怪走法，真是讓斑比驚奇不已。

　　突然，戈波停了下來，轉過身，絕望地對他們喊：「到處都找不到媽媽。」

芬妮安慰他：「我們很快就會找到媽媽的。」他臉上那種沮喪的表情芬妮再熟悉不過。她被深深觸動了，看著他說：「戈波，很快就能找到的。」

「不然，我們喊喊她吧？」芬妮微笑著道，「我們像小時候那樣喊喊她，怎麼樣？」

斑比往旁邊走了幾步，接著便看見了埃娜姨母。她正準備休息，已經躺在旁邊的一片榛樹叢裡。

「終於找到了！」他自言自語地嘀咕了一聲。就在這時，戈波和芬妮也跑了過來。他們三個站在一起，看著埃娜姨母。埃娜姨母靜靜地抬起頭，睡眼惺忪地望向他們。

戈波遲疑地往前走了幾步，輕輕喚了聲：「媽媽。」

她立刻站起來，震驚極了。戈波像飛的一樣衝過去，又叫了一聲：「媽媽！」他很想再說點什麼，卻一個字也說不出來了。

埃娜姨母深深凝視著他的眼睛，僵硬的身體終於開始移動。漸漸的，她的肩膀和後背也顫抖起來。

她什麼都沒問，不想聽任何解釋或故事，只是慢慢地親吻戈波，親親他的臉頰，再親親他的脖子。她不知疲倦地親吻著他，就如他剛出生時那樣。

斑比和芬妮悄悄地離開了。

CHAPTER 16

✣

　大家都圍在灌木叢中的一塊小空地上，聽戈波講述他的故事。

　就連兔子先生也來了。他很驚訝，豎起一隻湯匙般的長耳朵，聽得津津有味。有時，耳朵聳下去，也會立刻再豎起來。

　喜鵲坐在一棵小山毛櫸最矮的樹枝上，聽得驚訝不已。松鴉坐立不安地停在對面一棵栂樹上，不時就驚訝地大叫一聲。

　幾隻友好的野雞帶上妻子和兒女，也伸長脖子，好奇地聽著。有時，聽到驚奇之處，他們還搖頭晃腦，驚訝得說不出話來。

　松鼠上竄下跳，興奮得手舞足蹈。有時，他「嗖」地一聲溜到地面，有時又「蹭蹭蹭」地爬到樹上或其他地方，不然就豎起尾巴穩穩地坐好，露出白白的胸口。他不時想打斷戈波，插上幾句話，但總有動物嚴厲地呵斥他，讓他保持安靜。

　戈波講到他如何無助地躺在雪地裡，等待死亡。

　「狗找到了我，」他說，「狗真是太可怕了。他們肯定是這世上最可怕的動物，不僅下巴上滴著血，叫聲也冷酷無情，充滿憤怒。」他四處環顧了一圈，繼續道，「不過，從那以後，

我像你們一樣，也跟他們玩了起來。」戈波十分驕傲，「我再也不怕他們了。現在，他們都是我的好朋友。但他們要是發起火，還是會震得我耳朵嗡嗡作響，嚇得我心臟都停止跳動。即便如此，他們也不會真的傷害我。正如我所說，我是他們的好朋友。不過，他們的叫聲真是大得嚇人。」

「接著說！」芬妮催促道。

戈波看著她，說：「啊，狗群本來打算把我撕成碎片，但**他**來了。」

戈波停頓了一下，大家緊張得幾乎喘不過氣。

「沒錯，」戈波說，「**他**來了。他讓那些狗別叫，狗群立刻安靜下來。**他**又叫了一聲，狗兒們便一動不動地趴在**他**腳邊。然後，**他**把我抱了起來。我嚇得放聲尖叫，但**他**把我抱在懷裡，輕輕地安撫我，卻沒有傷害我。接著，**他**就把我搬走了。」

芬妮打斷他：「『搬走』是什麼意思？」

於是，戈波開始詳細解釋。

「很簡單，」斑比插嘴道，「看看松鼠運堅果的樣子就知道了。他們就是『搬著走』的。」

松鼠又想開口，急切地說：「我有個親戚……」但其他動物立刻吵鬧起來，「別吵，別吵，讓戈波繼續說。」

松鼠只能閉嘴，絕望地用前爪按住白胸膛，試圖跟喜鵲說話：「我跟你說，我有個親戚……」喜鵲卻轉過身，根本不理他。

戈波繼續講述他的遭遇：「外面天寒地凍，狂風呼嘯時，裡面卻一絲風也沒有，溫暖得跟夏天一樣。」

「啊！」松鴉發出一聲尖叫。

「外面傾盆大雨，把所有東西都淹沒時，裡面卻一滴雨也沒有，身上一直都是乾的。」

幾隻野雞伸長脖子，歪起腦袋。

「外面冰天雪地時，我待在裡面也是暖和的，」戈波說，「甚至還有點熱。**他們**給我乾草、栗子、馬鈴薯和蘿蔔，我想吃什麼都行。」

「乾草？」大家全激動地叫了起來，覺得太不可思議。

「鮮美可口，香甜無比的乾草。」戈波得意地環顧了一圈，平靜地說。

松鼠又插嘴道：「我有個親戚……」

「安靜！」其他動物大喊。

「大冬天的，**他**去哪找乾草和其他那些吃的？」芬妮急切地問。

「**他**種的。」戈波回答，「他想要什麼就種什麼，還能把那些東西保存下來。」

芬妮繼續追問：「戈波，跟**他**待在一起，你從來不怕嗎？」

戈波驕傲地笑了。「不，親愛的芬妮，」他說，「再也不怕了。自從知道**他**不會傷害我，我就不怕**他**了。為什麼要怕呢？你們覺得**他**很壞吧，但**他**並不壞！**他**對自己喜歡，或為**他**服務的動物都很好，非常好！這世上再沒有誰比**他**更好。」

戈波正說得興奮，老鹿王突然毫無聲息地從灌木叢走了出來。

戈波沒發現他，仍說個不停。但其他動物看見老鹿王，都敬畏地屏住了呼吸。

　　老鹿王一動不動地站著，表情嚴肅，眼光深邃地看著戈波。

　　戈波說：「不只有**他**，**他**的孩子們也很喜歡我。**他**的妻子和其他所有人經常撫摸我，跟我一起玩。」他突然閉上了嘴，因為他看見了老鹿王。

　　一片沉默。

　　然後，老鹿王平靜卻威嚴地問：「你脖子上那個項圈是怎麼回事？」

大家定睛一看，才發現戈波脖子上有個馬鬃毛編織的深色項圈。

　　戈波不自在地答道：「那個？怎麼了，那是韁繩的一部分。是**他**的韁繩。戴上**他**的韁繩，是最光榮的事，它……」戈波支支吾吾，越說越困惑。

　　大家都沉默了。老鹿王盯著戈波看了很久，目光銳利又哀傷。

　　「你真是隻可憐的鹿！」最後，他輕輕地扔下這話，轉身離開了。

　　之後，大家震驚地沉默了好久，松鼠才又開始嘮叨：「我剛才說了，我有個親戚也跟**他**待過。**他**被**他**抓住，關了好長一段時間。直到有一天，我爸爸……」

　　可是，誰也沒聽松鼠嘮叨。大家各自散了。

CHAPTER 17

✥

　　某一天，馬雷娜又出現了。戈波失蹤的那個冬天，她已經快成年。但從那以後，大家就再也沒見過她，因為她一向獨來獨往，一個人生活。

　　她身材苗條，看起來非常年輕。不過，她也比其他鹿嫻靜溫柔、端莊優雅。因為從松鼠、松鴉、喜鵲、畫眉和野雞那聽說戈波結束奇妙的探險之旅，回到了森林，所以她也回來看看他。

　　見到她來，戈波的媽媽很驕傲。整座森林都在談論她兒子，埃娜姨母覺得自己真幸運。她沉浸在兒子帶來的這份榮耀裡，巴不得大家都知道戈波是有史以來最聰明、最能幹、最優秀的鹿。

　　「馬雷娜，你覺得我們戈波怎麼樣？」埃娜姨母興奮地問。但還沒等對方回答，她又不停地說下去，「你還記得嗎，老內塔看見他因為天冷稍微抖了一下，就說他不值得養？你還記得她曾經預言，說他只能成為我的負擔嗎？」

　　「嗯，」馬雷娜答道，「您的確為戈波費了不少心力。」

　　「現在，一切都過去了。」埃娜姨母激動地說。她很奇怪大家怎麼還記著這種事。「噢，可憐的老內塔，真遺憾她已經去世，看不到戈波現在的樣子。」

「是啊，可憐的老內塔。」馬雷娜柔聲道，「真糟糕。」

戈波喜歡聽媽媽這樣稱讚他。站在一旁，像沐浴陽光般聽著媽媽的這些讚美，他真是開心極了。

「就連老鹿王都來看望戈波。」埃娜姨母對馬雷娜說。她聲音很輕，彷彿在講什麼嚴肅又神秘的事，「從前，大家想看他一眼都看不到。但為了戈波，他竟然出現了。」

「他為什麼說我是個可憐的傢伙？」戈波不滿地插嘴，「我想知道，他這到底是什麼意思。」

「別想了，」埃娜姨母安慰他，「他就是個老怪物。」

最後，戈波自我安慰道：「這句話在我腦子裡徘徊了一整天。可憐的傢伙！我才不是可憐的傢伙。我很幸運！我見過的東西，比你們所有人加起來都多。我見過更廣闊的世界，森林裡誰都沒我更懂。你說呢，馬雷娜？」

「嗯。」她答道，「這點誰也無法否認。」

從那以後，馬雷娜和戈波經常形影不離。

CHAPTER 18

❖

　這天，斑比出發去找老鹿王。他轉了一整夜，一直找到太陽升起，黎明的曙光灑落在身上。他沒跟芬妮一起，而是獨自走過許多無人踏足的小路。

　有時，他還是會被芬妮吸引。有時，他仍像之前一樣深愛著她，喜歡跟她一起漫步，喜歡聽她說話，喜歡和她去草地或灌木叢邊緣吃草。可是，她已經無法滿足他內心所有的渴望。

　從前，只要跟芬妮在一起，斑比幾乎想不起要去見老鹿王，即便想起，也只是偶爾去見見他。如今，斑比心中卻有種莫名的渴望，驅使著他四處尋找，反而偶爾才會想起芬妮。只要願意，斑比可以一直跟她待在一起，但他似乎並不在意沒有伴侶。至於戈波或埃娜姨母，他則會儘量避開。

　老鹿王評價戈波的那句話一直在斑比耳邊迴響，讓他印象深刻。從戈波回來的第一天起，斑比就覺得他怪怪的。雖然不知為何，但戈波的行為舉止就是讓他難以接受，讓他覺得很羞恥。而且，不知為何，斑比也有些害怕戈波。每次跟一臉無害，自負又虛榮的他待在一起，斑比腦中都會響起那句「可憐的鹿」，甩都甩不掉。

不過，一個黑漆漆的夜晚，斑比再次跟鳴角鴞保證，說自己真的被他嚇到了。鳴角鴞十分高興。就在這時，斑比心中突然閃過一個念頭，開口問道：「你知道老鹿王此刻在哪嗎？」

　　鳴角鴞「咕咕」叫著，說他完全不知道。但斑比覺得，他只是不想告訴自己。

　　「不，」斑比說，「我才不信，你那麼聰明，一定知道森林裡發生的每件事。你肯定知道老鹿王藏在哪。」

　　鳴角鴞梳理了一下蓬鬆的羽毛，身體看起來小了一點。「我當然知道，」他「咕咕」的叫聲更加輕柔了，「但我不應該告訴你，真的不行。」

斑比哀求道：「我不會出賣你。我這麼尊敬你，怎麼可能出賣你呢？」

鳴角鴞又變成一個毛茸茸的可愛灰棕色小球，幽幽地轉著大眼睛。高興時，他就喜歡這樣。「所以，你真的很尊敬我？」他問，「為什麼呢？只是因為有求於我嗎？」

斑比毫不猶豫，立刻真誠地道：「因為你很聰明，又那麼善良友好，還會嚇人。你嚇人的方法真厲害，簡直棒極了。真希望我也能學會，那樣就很有用。」

鳴角鴞立刻把嘴埋進毛茸茸的胸前，開心極了。

「好吧，」他說，「老鹿王見到你，應該會很高興。」

「真的嗎？」斑比快活得心跳都加速了，大聲問道。

「是啊，我肯定，他見到你一定很高興。我想，現在冒險告訴你他在哪，也不是不可以。」

他放下羽毛，身體頓時又變小了。

「你知道柳林邊緣那條深溝嗎？」

斑比點點頭。

「更遠處的那片小橡樹叢，你知道嗎？」

「不知道，」斑比坦白，「我從沒去過那邊。」

「那聽好了，」鳴角鴞輕聲道，「那邊有一片橡樹叢。穿過那裡，你會看見灌木叢、榛樹、銀白楊、荊棘和唐棣。它們中間有一棵被連根拔起的山毛櫸。你得找到那棵山毛櫸。比起我從空中尋找，以你的高度，找起來應該沒那麼簡單。他就在那棵樹的樹幹下。不過，別說這是我告訴你的。」

「在樹幹下？」斑比說。

「嗯。」鳴角鴞笑著說，「地面有個洞，那棵樹剛好橫在那個洞上。老鹿王就睡在樹幹下。」

「謝謝你。」斑比真誠地說，「雖然不知道找不找得到，但真的非常感謝你。」說完，他便跑開了。

鳴角鴞也跟著飛了起來，接著突然在他身邊大叫了一聲：「哈啊！」斑比嚇得身體一縮。

「我嚇到你了嗎？」鳴角鴞問。

「是……啊……」斑比結結巴巴地說。這次，他是真的被嚇到了。

鳴角鴞滿意地「咕咕」叫著，說：「我只是想再提醒你一次，別跟他說是我告訴你的。」

「當然不會。」斑比向他保證，接著便繼續往前跑。

斑比剛抵達那條深溝，老鹿王就從漆黑的夜色中走了出來，沒發出一絲聲響。他出現得如此突然，嚇得斑比連連後退。

「我沒住在之前那個地方了。」老鹿王說。

斑比沒說話。

「你想幹什麼？」老鹿王問。

「沒什麼，」斑比支支吾吾地說道，「沒什麼，抱歉，真的沒什麼。」

過了一下，老鹿王溫柔地說：「這不是你第一次找我了。」

他等了一下，斑比卻沒答話。於是，老鹿王繼續道：「昨天，你兩次從我身旁走過。今天早上，有一次也離我非常近。」

「為何，」斑比終於鼓起勇氣，「您為何要那麼說戈波？」

「你認為我說錯了嗎？」

「不，」斑比悲傷地說，「不，我認為您說得對。」

老鹿王點了點頭，落在斑比身上的眼光更加柔和了。

「但為何呢？」斑比問，「我不懂。」

「你能感覺到就夠了。以後，你會明白的。」老鹿王說，「再見。」

CHAPTER 19

✥

很快，大家發現戈波的行為奇怪又可疑。夜裡，大家都醒著時，他在睡覺。但白天時大家都找地方睡覺了，他卻醒著到處走。只要高興，他甚至會毫不猶豫地走出灌木叢，無比鎮靜地站在陽光明媚的草地上。

斑比終於忍不住，開口問道：「你難道沒想過，這樣會有危險嗎？」

「不，」戈波隨口答道，「我才不會遇到危險。」

「親愛的斑比，你忘了嗎？」埃娜姨母驕傲地插嘴道，「你忘了，**他**可是戈波的朋友！你們不敢冒的險，戈波都敢。」

於是，斑比沒再多說什麼。

某一天，戈波對他說：「我覺得想在哪吃就在哪吃，想什麼時候吃就什麼時候吃，真的好奇怪啊。」

斑比不解地問：「怎麼會奇怪？大家都這樣啊。」

「噢，是嗎！」戈波驕傲地說，「但我不是。我已經習慣**他**把食物送到我面前，或準備好吃的後，叫我過去吃。」

斑比憐憫地看著戈波，然後又看向芬妮、馬雷娜和埃娜姨母。然而，她們臉上都掛著微笑，無比崇拜地看著戈波。

「戈波，我覺得你可能很難適應冬天，」芬妮開口道，「冬天，我們都沒有乾草、蘿蔔或馬鈴薯吃。」

「是啊。」戈波若有所思地回答,「我還沒思考過這個問題,簡直無法想像那會是什麼感覺。肯定很可怕。」

斑比平靜地說:「不會可怕,只是難熬而已。」

「這樣啊,」戈波傲慢地說,「如果太難熬,我就回到**他**身邊。幹嘛要挨餓?完全沒這個必要嘛。」

斑比什麼也沒說,轉身走開了。

戈波又跟馬雷娜單獨待在一起時,談起斑比。「他根本不懂我,」戈波說,「可憐的斑比,他還以為我是從前那個又瘦又笨的戈波。我早已非比尋常,他永遠接受不了這個事實。『危險』!他這句是什麼意思?雖然是為我好,但危險是他和像他那樣的動物才會遇到的,不是我。」

馬雷娜表示贊同。他們深愛彼此,在一起非常幸福。

「嗯,」戈波對她說,「誰也無法像你這樣理解我。但無論如何,我都不能抱怨,畢竟大家那麼尊敬我。但只有你最了解我。我跟大家說**他**有多好時,他們雖然聽得認真,也不認為我在撒謊,卻仍固執己見,覺得**他**很可怕。」

「我一直很相信**他**。」馬雷娜夢語般說道。

「真的嗎?」戈波快活地問。

「還記得他們把你獨自留在雪地上的那天嗎?」馬雷娜繼續說,「我說終有一天,**他**會到森林來跟我們一起玩耍。」

「不,」戈波打了個哈欠,「我不記得了。」

幾周後的一天清晨,斑比、芬妮、戈波和馬雷娜又來到那片古老而熟悉的榛樹叢。當時,斑比和芬妮散步回來,剛想找個藏身之地,就碰到戈波和馬雷娜。戈波正準備去草地。

「別去，跟我們一起吧。」斑比說，「太陽即將升起，誰都不會現在去空曠地。」

「胡說八道。」戈波輕蔑地說，「就算其他人都不去，我也要去。」

他繼續往前走，馬雷娜也跟了上去。

斑比和芬妮卻停下來。「走吧，」斑比生氣地對芬妮說，「我們走。他愛幹什麼就幹什麼。」

於是，他們也走了。突然，草地那頭傳來松鴉的尖叫聲。斑比一躍而起，轉身就朝戈波衝去，在那棵大橡樹邊追上了他和馬雷娜。

「你聽見沒？」他衝戈波大喊。

「聽見什麼？」戈波不解地問。

松鴉的尖叫聲又從草地那頭傳了過來。

「你聽見沒？」斑比又問了一次。

「沒有。」戈波平靜地答道。

「那是危險的訊號！」斑比堅持道。

一隻喜鵲放聲大叫。然後，其他喜鵲也接二連三地叫了起來。松鴉又尖叫了一聲。此外，頭頂也遠遠地傳來喜鵲的警示聲。

芬妮開始哀求：「戈波，別出去！那裡很危險。」

甚至馬雷娜也哀求起來：「親愛的，待在這，今天就待在這吧，那裡很危險！」

戈波仍站在原地，一臉高傲地笑著：「危險？危險！那跟我有什麼關係？」

斑比突然靈機一動，說：「至少讓馬雷娜先走，這樣我們就能知道……」

　　他話還沒說話，馬雷娜就溜了出去。

　　他們三個站在原地，看著馬雷娜。斑比和芬妮緊張得屏住呼吸，戈波卻十分從容，彷彿別人有什麼蠢念頭，跟他都毫無關係。

　　他們看著馬雷娜一步步穿過草地。她抬著頭，邊走邊嗅，東看看、西看看，每一步都走得猶豫不決。突然，她高高躍起，閃電般迴轉身體，彷彿被龍捲風擊中，朝灌木叢衝來。

　　「是**他**，是**他**！」她嚇得渾身顫抖，驚恐得話都快說不出來，只能結結巴巴地低語：「我……我看見**他**了！是**他**！**他**就站在那片赤楊樹林旁。」

　　「快過來，」斑比大喊，「趕快過來！」

　　「快過來！」芬妮哀求道。已經快說不出話的馬雷娜也小聲哀求：「戈波，拜託你快過來，拜託你了。」

　　戈波還是一動不動。「你們要跑就跑吧，」他說，「我不攔你們。**他**要是在那，我倒想跟他聊聊天。」

　　戈波根本不聽勸。

　　他們站在那裡，看著戈波走出去，雖然被他強大的信心感染，卻也深深為他擔憂。

　　戈波勇敢地站在草地上，四處觀察著，尋找那片赤楊林。然後，他似乎找到了那片樹林，彷彿看見了**他**。接著，雷鳴般的巨響轟然炸裂。

　　戈波應聲跳起，突然迴轉，跌跌撞撞地朝灌木叢逃來。

斑比他們還站在原地，驚恐地看著拼命往回跑的戈波。他們聽見戈波粗獷的喘息聲，看著他發瘋般不停地往前飛奔。大家連忙圍上去，也轉身開始逃跑。

然而，可憐的戈波一下子摔倒在地。馬雷娜停下腳步，湊到他跟前。斑比和芬妮站得稍微遠一點，隨時準備繼續逃跑。

戈波躺在地上，側身裂了道大傷口，血淋淋的腸子流了出來。他微微抽搐著，抬起了頭。

「馬雷娜，」他吃力地說，「馬雷娜……」他已經認不出她，聲音也漸漸低了下去。

草地旁的灌木叢傳來一陣響亮的「沙沙」聲。馬雷娜低下頭，發瘋般朝戈波低喊：「**他**來了，戈波，**他**來了！你能站起來跟我一起走嗎？」

戈波又抽搐了一下，虛弱地抬起頭，蹬了幾下蹄，就再也不動了。

又是一陣「劈啪」聲和「沙沙」聲，**他**已經撥開灌木叢，走了出來。

馬雷娜看見**他**就近在咫尺。她慢慢地退了回來，隱入最近的灌木叢，然後飛快地朝斑比和芬妮追去。

她最後回頭望了一眼，看見**他**正彎下腰，抓住受傷的戈波。

他們聽見了戈波臨死前的哀鳴。

CHAPTER 20

❖

　斑比沿著一條小溪，獨自走著。小溪兩旁滿是蘆葦和沼柳。

　如今，他獨自到這來的時間越來越多。過來的小路有好幾條，所以斑比幾乎遇不到其他朋友。這正合他意，因為他思考的問題越來越嚴肅，心情也比以往沉重。他不明白內心發生了什麼變化，甚至根本沒想過這個問題，只是漫無目的地回想著，接著便發現整個「鹿」生似乎灰暗了不少。

　斑比常常在堤岸邊一站就是幾個小時，全副心神都放在那條蜿蜒的小溪上。涼爽的清風拂起陣陣漣漪，帶來一種不可思議、又有些刺鼻的清新氣味，讓他忘記煩惱，重塑信任。

　斑比站在那，看鴨子們成群結隊地游來游去，沒完沒了地聊著天，一副友好、互相理解的樣子。

　溪裡還有幾隻鴨媽媽，每隻都帶著一群小鴨。鴨媽媽一刻不停地教小鴨各種能力，小傢伙們也學得很認真。有時，一兩位媽媽突然示警，小鴨們便飛快散開，毫無聲音地游向四面八方。斑比在一旁看著這些還不會飛的小傢伙劃過茂密的燈芯草叢，卻連一根草莖都不會碰到。他還會看著那一個個小小的黑影在蘆葦叢中鑽來鑽去，轉眼間便消失不見。

　過了一陣子，其中一隻鴨媽媽短促地叫了一聲，小鴨們「呼啦」一下衝到她周圍。但轉眼間，他們又會重組成艦隊，

像之前那般毫無聲音地繼續航行。斑比每次都看得驚訝不已，覺得這簡直不可思議。

又一次警示後，斑比問其中一位鴨媽媽：「發生什麼事了？我看得這麼仔細，卻什麼都沒發現啊？」

「沒事。」鴨媽媽回答。

接下來發訊號的是隻小鴨。他一發完訊號，就閃電般轉過身，目不轉睛地盯著蘆葦叢。然後，他游上岸，剛好出現在斑比所站之處。

「什麼事都沒有。」小傢伙邊說，邊像大鴨子一樣甩著尾羽，小心地理好翅尖上的羽毛，又游走了。

即便如此，斑比還是對鴨子們充滿信心，認為他們一定比自己更警惕，聽覺和視力也更靈敏。站在岸邊看著他們，斑比平時常有的那種緊張感都會稍減一些。

斑比也很喜歡跟鴨子們聊天。別的動物經常說廢話，鴨子們卻不一樣。他們會談論廣闊的天空、清風和在遠方田野裡吃過的美味佳餚。

偶爾，斑比會看見一隻蜂鳥貼著水面，「咻」地從空中劃過，發出「嘶嘶」的低鳴，快得宛如一個轉動的小點。他一閃而過，有時是抹綠光，有時又像是紅光。斑比激動壞了，很想近距離看看這隻閃亮的陌生小鳥，於是朝他大喊。

「別喊了，」蘆葦叢裡的一隻雞對斑比說，「別白費力氣，他不會理你的。」

「你在哪裡？」斑比邊問，邊朝蘆葦叢看。

但雞的笑聲又從另一處傳來。「我在這。你剛剛大叫的那個傢伙脾氣很硬，誰都不理。你喊了也是徒勞。」

　　「他真漂亮。」斑比說。

　　「脾氣卻很糟糕。」雞回嘴道。這一次，聲音傳來的方向又變了。

　　「你為什麼覺得他不好？」斑比問。

　　雞又換了個地方，答道：「他不關心任何事，也不關心任何人，什麼都順其自然。他從不主動跟別人說話。別人找他說話，他也不會心存感激。發生危險時，他也從不示警，根本沒理過任何活著的生物。」

　　「可憐的……」斑比說。

　　但他話還沒說完，雞輕快的聲音又遠遠傳來：「那傢伙多半以為大家都很嫉妒他那身愚蠢的斑紋，根本不想讓別人好好看看。」

　　「有些動物就是不想讓別人看清。」斑比說。

　　一眨眼的功夫，身材嬌小的雞便站在了斑比面前，隨口說道：「我覺得，他也沒什麼好看的。」她心滿意足地站在那裡，光滑平整的羽毛上都是水珠，亮晶晶的。但轉瞬間，她又離開了。

　　「我不明白，有些人怎麼能在同一個地方待那麼久。」她在水面上說。接著，她的聲音又從更遠處傳來，「在一個地方待久了既無聊，又危險。」然後，她又在另一邊開心地喊了兩聲：「你得不停走動。只有不斷換地方，才能確保安全。」

草叢中傳來一陣輕柔的「沙沙」聲，嚇了斑比一跳。他四處觀察，看見一道紅影一閃而過，隱入蘆葦叢。與此同時，一股濃郁溫熱的氣息鑽入斑比鼻腔。原來，是隻狐狸偷偷溜了過去。

　　斑比一邊大喊，一邊用力跺腳，以示警告。但狐狸跳得飛快，莎草「沙沙」地分了開來。突然，一陣聲響後，傳來一隻鴨子絕望的尖叫聲。斑比聽見她拍動了一下翅膀，看見那白色的身體在草葉間閃動，用翅膀死命拍打狐狸的臉，然後便漸漸不動了。

　　就在這時，狐狸叼著鴨子，從莎草叢中走了出來。鴨子垂著腦袋，翅膀雖然還在動，狐狸卻根本不在意。他輕蔑地斜視了斑比一眼，慢步潛進了灌木叢。

　　斑比待在原地，一動不動。

　　幾隻鴨子拼命拍打著翅膀，無助地飛來飛去。雞的大叫聲從四面八方傳來。山雀在灌木叢中「嘰嘰喳喳」地叫個不停。已經成為孤兒的小鴨子們在叢裡翻動。水花四濺中，隱隱能聽見他們細弱的哭泣聲。

　　蜂鳥飛過溪岸。

　　「告訴我們，」小鴨子們大聲哭喊著，「告訴我們，你看見我們的媽媽了嗎？」

　　「嘶嘶！」蜂鳥尖聲大叫著，流光般一閃而過，「這跟我有什麼關係？」

斑比轉身離開了。他慢悠悠地穿過一片麒麟草的海洋、一片小山毛欅林和一片老榛樹叢，來到深溝邊。他圍著深溝轉來轉去，希望能遇到老鹿王。自從戈波死後，他已經很久沒見過老鹿王。

然後，他遠遠地瞥見了老鹿王，趕緊跑上前去。他們默默地走了一段路，老鹿王才開口問道：「他們還會像以前那樣談論他嗎？」

斑比知道他說的是戈波，連忙應道：「我不知道。現在，我幾乎都是一個人，」他猶豫了一下，「但我經常想起他。」

「是嗎，」老鹿王說，「你現在都是一個人嗎？」

「嗯。」斑比充滿期待地說，但老鹿王依舊沉默。

他們繼續往前走。突然，老鹿王停下來，問：「聽見了嗎？有聲音！」

斑比側耳傾聽，什麼也沒聽見。

「跟我來。」老鹿王大叫一聲，飛快地朝前奔去。斑比趕緊跟上。接著，老鹿王又停下來，問：「還沒聽到嗎？」

這次，斑比聽到一陣「沙沙」聲，卻不明白那是什麼。聽起來，它像是樹枝被壓彎，又反復彈起的聲音，還有什麼東西在敲擊地面，發出陣陣不規律的悶響。

斑比想逃走，卻被老鹿王叫住了。「跟緊我。」說完，老鹿王就朝聲音發出的方向跑去。斑比跟在他身旁，終於鼓起勇氣問道：「那邊難道不危險嗎？」

「非常危險。」老鹿王神秘地說。

他們很快便看見樹枝不僅被什麼東西拉了下去，還搖晃得很厲害。他們又湊近一點，看見一條小路從灌木叢中延伸出來。

兔子先生躺在地上，拼命地左右滾動，然後不動了。但沒過多久，他又掙扎起來。兔子先生每動一下，他頭上的樹枝也會跟著動。

斑比發現，樹枝上垂下一根深色細皮帶，繞在兔子先生的脖子上。

兔子先生一定是聽見有人來，所以才掙扎著要往上跳，接著又跌回地面。他想逃跑，不停地在草地上打滾，又拉又扯，拼命扭動身體。

「躺著別動。」老鹿王命令道。接著，他用充滿同情的溫柔嗓音，不斷在他耳邊反覆低語：「放鬆點，兔子，是我。現在，乖乖別動，安靜地躺好。」斑比覺得，這聲音簡直觸動了他的心。

於是，兔子一動不動地平躺在地上，呼吸困難，喉嚨「咯咯」輕響。

老鹿王叼起一根樹枝，彎下身，借助身體的重量，巧妙地將樹枝弄彎。他用腳踏住那根樹枝，接著用鹿角一頂，就把它折斷了。

然後，他鼓勵地朝兔子點點頭，說：「就算我弄痛你了，也躺著別動。」

老鹿王把頭偏向一邊，用鹿角上的一個角尖湊近兔子的脖子，壓向他耳後的皮毛。老鹿王剛試著點了一下頭，兔子又開始扭動身體。

老鹿王趕緊退回來。「別動，」他命令道，「這關係著你的生死大事。」然後，老鹿王又開始嘗試。這一次，兔子儘管大口大口地喘氣，卻一動也不動地躺著。斑比站在旁邊，震驚得啞口無言。

　　老鹿王壓在兔子毛皮上的那根鹿角已經鑽進繩套。此時，他幾乎跪到地上，拼命扭動腦袋，就像在跟別人打鬥般。鹿角越插越深。終於，繩套開始鬆動。

　　兔子又能呼吸了。他內心的恐懼和痛苦立刻爆發，不禁悲痛地大叫起來：「哇啊！噢呀！」

　　老鹿王停下動作，大叫一聲：「安靜！」然後，他放柔聲音，略帶責備地又說了一次：「安靜。」他的嘴湊在兔子肩膀旁，鹿角上的角尖正好在他勺子般的耳朵中間，像要將他刺穿似的。

　　「什麼時候了，怎麼還笨到大喊大叫？」老鹿王輕聲抱怨，「你想把狐狸引來嗎？你應該不想吧？那就安靜點！」

　　老鹿王繼續忙，慢慢使出所有力氣。突然，繩套「啪」的斷了。兔子一下子溜了出來。他自由了！但一時半刻，他還沒回過神，往前走了一步，又再次坐下，愣愣地發呆。過了一下，他才開始小心翼翼地慢慢往前蹦跳，接著越跳越快，越跳越快，最後終於撒開腿，飛快地跑掉了。

　　斑比望著他的背影，吃驚地說：「他怎麼都沒感謝你一聲啊！」

　　「他還怕得要死呢！」老鹿王說。

繩套靜靜躺在地上。斑比輕輕一碰，它竟然發出「咯吱」一聲。斑比嚇了一大跳，因為他從沒在森林中聽到過這種聲音。

　　「是**他**？」斑比輕聲問。

　　老鹿王點點頭。

　　他們默默地走了一陣子。「走在路上時，一定要小心。」老鹿王說，「所有樹枝都得檢查，用你的角往各個方向戳一戳，要是聽到剛才那種『咯吱』聲，一定要立刻退回來。換角期間更要小心。我早已不走小路。」

　　斑比困惑了，陷入沉思。

　　「**他**不在這。」斑比無比驚訝地自言自語。

　　「嗯，**他**這時不在森林裡。」老鹿王答道。

　　「但**他**來過這。」斑比搖著頭說。

　　老鹿王聲音裡滿是苦澀：「戈波怎能……戈波告訴你們**他**無所不能，還十分友善，對吧？」

　　「**他**對戈波十分友善。」斑比嘀咕道。

　　老鹿王停下腳步，悲傷地問：「斑比，你相信嗎？」這是他第一次叫斑比的名字。

　　「我不知道。」斑比痛苦地大聲說，「我一點都不知道。」

　　老鹿王緩緩地說：「我們必須學會生存，學會謹慎。」

Chapter 21

❖

某一天清晨，斑比遇到了麻煩。

淺灰色的黎明漫過森林。草地上方飛起一片奶白色的霧氣。黎明的晨光中，一切都靜悄悄的。烏鴉和喜鵲還沒醒來，松鴉也在沉睡。

斑比昨晚遇見了芬妮。她悲傷地望著他，顯得十分羞澀。

「現在，大部分時間我都一個人待著。」她小聲說。

「我也是。」斑比有些猶豫地應道。

「你怎麼不跟我待在一起？」芬妮傷心地問。看到平時活潑快樂的芬妮變得嚴肅又傷心，斑比也很難過。

「我想一個人待著。」雖然儘量溫柔，但就連他自己，也覺得這話聽起來很殘酷。

芬妮看著他，輕聲問：「你還愛我嗎？」

「我不知道。」斑比的口氣還是跟剛才一樣。

芬妮默默地轉身走了，留下他一個人。

斑比站在草地邊的那棵大橡樹下，小心翼翼地觀察著外面，陶醉在清新純淨的晨光中。泥土、露珠、青草和濕漉漉的森林都散發著一股濕潤、清新的味道。斑比貪婪地大口呼吸著，忽然感到久違的自由。於是，他輕鬆地朝薄霧濛濛的草地走去。

接著，一聲雷鳴般的巨響轟然炸裂。

斑比感到一陣可怕的衝擊，站都快站不穩了。

恐懼讓他發瘋似地退了回來，轉頭就栽進灌木叢，一路狂奔。他既不明白發生了什麼事，也顧不得了，只知道沒命地往前跑。他像無頭蒼蠅似的往前衝，恐懼得都快喘不過氣了。接著，一陣難以忍受的劇痛襲來，斑比覺得有什麼東西熱辣辣地碾過左肩。疼痛傳來的部分彷彿被一根火燙的細線貫穿。斑比不得不停止奔跑，越走越慢。然後，他發現自己開始一拐一拐。斑比倒了下去。

他覺得，就這麼躺著休息，感覺真舒服啊。

「起來，斑比！快起來！」老鹿王站在他旁邊，輕輕推著他的肩膀。

斑比很想回答「我站不起來，」但老鹿王一次又一次地喊「起來！快起來！」他的聲音裡既有命令之意，又充滿憐愛。斑比卻沒有回應。一瞬間，甚至那貫穿身體的疼痛也消失了。

然後，老鹿王焦急的催促聲響了起來。「起來！你必須離開這裡，我的孩子！」我的孩子！這句他似乎不經意間說出的話，頓時讓斑比站了起來。

「很好！」老鹿王深吸口氣，果斷地說：「現在跟我走，緊緊跟上。」

他飛快地走在前面。斑比跟在後面，卻有種強烈的渴望，恨不得立刻倒地，躺下休息。

老鹿王似乎猜到他的心思，不停地說話：「現在，你必須忍受所有疼痛，別想著躺下休息，什麼都別想。只要有任何

這種念頭，都能讓你筋疲力盡。斑比，你必須自己救自己，明白嗎？一定要這樣，否則你就死定了。記住，**他**在你背後，明白了嗎，斑比？**他**會毫不留情地殺掉你！快走，緊緊跟著我。你很快就會沒事，會好起來的！」

斑比已經沒有力氣思考。每走一步，都會傳來一陣鑽心的疼痛，疼得他無法呼吸，意識模糊。那股灼燒著他肩膀的熱流，也深深折磨著他的心。

老鹿王繞了一大圈，花了好長時間。在極度的疼痛和虛弱中，斑比驚訝地發現，他們又經過了那棵大橡樹。

老鹿王停下腳步，嗅了嗅地面，低聲說：「**他**還在這，是**他**，還有**他**的狗！快走，快！」於是，他們跑了起來。

突然，老鹿王又停住了。「看，」他說，「那就是你剛才倒下的地方。」

斑比看見，那片被壓倒的草地上，還有一攤正往泥土裡滲的血。那是他的血。

老鹿王繞著那塊地，警惕地嗅了一圈。「**他**和**他**的狗來過這。我們快走！」老鹿王慢慢地朝前走，一遍又一般地四處嗅。

斑比看見灌木叢裡的葉子和草莖上閃閃發亮的紅色血滴，心想：「我們之前也來過這裡。」可是，他已經說不出話來。

「啊哈！」老鹿王看起來似乎很高興，「現在，我們已經到**他們**後面。」

他沿著之前的小路走了一陣子，竟然又開始繞圈。斑比跟跟蹌蹌地跟在後面。他們從相反的方向，再次走到大橡樹前，

然後又一次走過斑比剛才倒下的地方。接著，老鹿王再次選擇了與之前相反的方向。

老鹿王突然停下，扒開青草，指著兩片貼近地面的深綠色小葉，命令斑比：「吃點這個。」

斑比乖乖吃了下去，但那葉子不僅氣味難聞，味道也特別苦。

「現在感覺怎麼樣？」過了一下，老鹿王問。

「好一點了。」斑比飛快地答道。他突然又能說話，意識清晰了一些，感覺也沒那麼累了。

「那我們繼續走吧。」老鹿王停頓了一下，命令道。斑比又跟著他走了很長一段時間，他才說：「好了，終於可以了！」於是，他們停了下來。

「血止住了，」老鹿王說，「你的傷口已經不再流血。現在，你不必擔心血流乾，也不用怕曝露行蹤。**他**和**他**的狗再也不能循著血跡來把你殺掉。」

老鹿王雖然看起來疲憊又焦慮，聲音卻很高興。「走吧，」他說，「你可以休息了。」

他們來到一條寬闊的深溝邊。斑比從未見過這條深溝。老鹿王往下走，斑比也努力跟上，卻花了很大力氣，才爬上對面的陡坡。身上的傷口又開始劇痛。他跌跌撞撞，剛站起來，又摔倒在地，累得一直喘。

「我沒辦法幫你，」老鹿王說，「你必須自己站起來。」斑比終於爬到頂端。肩上又有熱流淌下，他覺得自己的力氣要用光了。

「你又在流血，」老鹿王說，「我想，你應該還會流血，但好險流得不多。」接著，他又嘀咕了一句，「而且，現在也沒什麼關係了。」

他們穿過一片高大的山毛櫸林，走得很慢。地面鬆軟平整，非常好走。斑比很想就這麼躺下去，舒展身體，再也不用動。他走不動了，頭痛欲裂，耳朵裡嗡嗡作響。他焦慮不安，開始發燒，眼前一片黑暗。好想休息啊，腦子一片混沌。渾渾噩噩中，他也很驚訝：**生活怎麼變得如此糟糕？**他記得，自己早上還健健康康，毫髮無傷地在林中漫步，此刻不過才一個小時，有些事彷彿已經過了好久好久。

又穿過一片低矮的橡樹叢和山茱萸叢後，一棵巨大的空心山毛櫸裡雜著茂密的灌木，橫在小路中央，擋住了他們的去路。

「我們到了。」斑比聽見老鹿王說。他沿著山毛櫸樹幹走，斑比跟在旁邊，差點跌進去。

「就是這裡，」老鹿王說，「你可以躺在這裡。」

斑比立刻躺了下去，再也不動了。

樹幹下的洞還更深一些，形成了一個小小的密室。茂密的灌木將樹幹遮得嚴嚴密密，誰躲在裡面都不會被發現。

「你在這裡很安全。」老鹿王說。

日子一天天地過去了。

斑比躺在這片溫暖的泥土裡，頭頂就是枯樹腐朽的樹皮。他覺得傷口先是越來越痛，接著痛感慢慢減輕，最後終於一點點消失了。

有時，雖然很虛弱，他還是會爬出來，搖搖晃晃地站一下，也會稍微走幾步，找些食物吃。現在，他會吃以前根本沒注意過的植物，不僅很喜歡那種滋味，還會被它們迷人又辛辣的奇怪氣味吸引。儘管依舊不喜歡很多小樹葉和短而粗糙的嫩芽，他仍會像被誰逼迫著，將它們通通吃下去。不僅傷口癒合的速度越來越快，身體的力量也在漸漸恢復。

斑比已經痊癒，卻依然留在樹心空洞裡。夜裡，他會稍微走動走動，白天卻安安靜靜地躺在洞中。直到完全退燒，斑比才開始思考所有發生的一切。然後，一股巨大的恐懼襲來，讓他的心震顫不已。他無處可逃，沒辦法像之前那樣站起來拔腿就跑，只能不安地躺在洞中。恐懼、羞愧、驚訝和困惑的情緒輪番上演。有時，他滿心絕望，有時又十分開心。

老鹿王一直陪著他。起初，他整日整夜地守在斑比身旁，接著會偶爾離開，尤其是看見斑比陷入沉思的時候。不過，自始至終，他都在附近。

某一天夜裡，雖然落霞亮眼，天氣晴朗，還是電閃雷鳴著，下起磅礡大雨。附近所有樹梢上的烏鴉都在哇哇大叫，金翅雀柔聲歌唱，山雀在灌木叢中「嘰嘰喳喳」地叫個不停。草叢間或灌木叢下，偶爾傳來野雞金屬般嘶啞的「咯咯」聲。啄木鳥高興得哈哈大笑，鴿子「咕咕」叫著，訴說著滿腹愛戀。

斑比爬出空洞。未來的生活多棒啊！老鹿王已經站在洞邊，彷彿料到斑比會出來。他們並肩漫步。但之後斑比沒有返回樹洞，也沒再找老鹿王。

Chapter 22

✣

某天夜裡，落葉沙沙，在空中不斷低語。突然，枝葉間的鳴角鴞先是尖叫了一聲，接著便靜靜地等待。

但斑比已經透過稀疏的樹葉看見了他，於是停住腳步。

鳴角鴞飛近些，又尖叫了一聲，聲音比剛才還大。然後，他繼續等待，斑比卻什麼也沒說。

鳴角鴞終於忍不住了，生氣地問：「你難道沒被嚇到嗎？」

「呃，」斑比回答，「有一點。」

「就一點？」鳴角鴞不高興了，「咕咕」叫著，「只有一點？以前，你經常都被我嚇得魂飛魄散。看你害怕的樣子，我真的是很高興！但是現在，你怎麼只有一點怕了？」他越說越生氣，不停地說：「怎麼只有一點啊！」

鳴角鴞越來越老了，所以才比從前更自負，也更敏感。

斑比很想說「我從來都沒怕過」，但看見鳴角鴞如此生氣地坐在那兒，還是決定把這話吞回肚裡。斑比試著安慰他：「或許是因為我正在想你。」

「什麼？」鳴角鴞又高興起來，「你剛才真的在想我？」

「是啊，」斑比略微遲疑了一下，答道，「就在我聽到你尖叫時。否則，我一定會像以前那樣害怕。」

「真的嗎？」鳴角鴞「咕咕」叫著問。

斑比根本沒心思否認。無論如何，說與不說有什麼區別？就讓這老頑童高興高興吧。

　　「真的。」斑比向他保證，然後繼續道，「我真的很開心。突然聽見你的聲音，我全身充滿力量。」

　　鳴角鴞抖開羽毛，變成一個灰褐色的柔軟小球。他很高興，溫柔地「咕咕」叫著：「你能想到我就好，太好了。我們很久沒見面啦。」

　　「是啊，好久了。」斑比說。

　　「你再也不走以前那些小路了，是嗎？」鳴角鴞問。

　　「嗯，」斑比緩緩說，「我再也不走以前那些小路了。」

　　「跟以前比，我也看到了更廣闊的世界。」鳴角鴞自誇道，絲毫沒有提及自己被無情的年輕對手趕離祖傳棲息地的事。「你無法永遠待在同一個地方。」他又補充了一句，便開始等待斑比的回應。

　　斑比卻走開了。此時此刻，他幾乎已經能跟老鹿王一樣，毫無聲音地突然消失。

　　鳴角鴞氣壞了，「咕咕」叫著說：「真丟臉……」他抖抖羽毛，把嘴深深地埋進胸口，像個哲學家似的默默思考著：「永遠別以為你可以跟大人物做朋友。他們可以對你很好，但等他們想不起你時，你就只有跟我現在一樣，傻傻地獨自坐在這裡……」

　　突然，他像塊石頭一樣墜向地面。原來，他看見了一隻老鼠。老鼠在鳴角鴞爪下亂叫了一通，就被盛怒的他撕成了

碎片。鳴角鴞幾口就把小老鼠吞下肚，速度比平常還快。然後，他飛走了。「對我來說，你們這些大人物算什麼？」他自問自答，「什麼都不是！」於是，他又扯開喉嚨不停尖叫。一對熟睡的森鳩被飛過的他吵醒，嚇得拍動著翅膀，「呼啦啦」地逃出鳥窩。

暴雨接連下了好幾天，枝頭上的最後幾片葉子落下。所有樹都光禿禿的。

一個尖銳的聲音叫了斑比一兩聲。斑比停住腳步。接著，一隻松鼠蹦蹦跳跳地沿著樹枝往下跑，轉眼便坐到他跟前。

「真的是你嗎？」松鼠提高音調，驚訝又輕快地問，「你剛從我旁邊走過，我就認出你了，但我真不敢相信……」

「你從哪來？」斑比問。

斑比面前這張快樂的小臉立刻垮了下去。「大橡樹沒了。」他傷心地說，「我美麗的大橡樹啊，你還記得嗎？太可怕了。**他**把它砍倒了！」

斑比也難過地垂下頭，真心為那棵美麗的老橡樹惋惜。

「發生這種事，」松鼠繼續說道，「住在樹上的所有動物都逃了，看著他用一顆閃閃發光的大牙齒咬樹幹。受傷的橡樹大聲呻吟。那牙不停地咬啊，咬啊，大橡樹一直在哀嚎，我們都不忍心聽下去。後來，可憐的橡樹倒在草地上時，大家都哭了。」

斑比沉默了。

「沒錯，」松鼠嘆了口氣，「**他**什麼事都做得到，簡直無所不能。」他睜著大眼睛盯著斑比，還豎起耳朵。斑比仍舊一言不發。

「這下，我們都無家可歸了。」松鼠繼續說，「我甚至不知道其他人去哪了。我到了這裡，但一時半刻，也找不到另一棵那麼好的樹。」

「老橡樹，」斑比自言自語道，「小時候，我就認識它了。」

「噢。」松鼠說，「但想想看，真的是你啊！」他高興地說，「大家都說你一定早就死了。當然，偶爾也有動物說你還活著。老是有動物說見過你，但誰也無法確定。我一直以為，那不過是謠言。」松鼠好奇地盯著斑比，「因為，你再也沒回來過。」

斑比看得出他很好奇，很想知道答案。

斑比依舊沒說話，但也有些按捺不住心中的好奇。他很想問問芬妮、埃娜姨母、羅納、卡魯斯和其他兒時玩伴的情況。然而，他還是什麼都沒說。

松鼠仍坐在他面前，仔細觀察著他。「多漂亮的鹿角啊！」他大聲讚嘆，「多漂亮的鹿角啊！除了老鹿王，森林裡再找不出誰能有這樣的鹿角！」

曾經，聽到這樣的稱讚，斑比肯定會既高興又得意。但是現在，他只是淡淡地說了句：「或許吧。」

松鼠飛快地點點頭。「真的，」他說，「你的毛髮都開始變灰了。」

斑比慢慢地繼續往前走。

松鼠知道這代表談話已經結束，於是蹦蹦跳跳地穿過灌木叢。「再見，」他向下方喊，「再見！見到你真高興！要是碰到你的朋友，我一定告訴他們你還活著。他們也會很高興的！」

　　聽到這話，斑比心中又微微一顫，還是什麼都沒說。小時候，老鹿王曾教導他，一定要學會獨自生活。從那以後，老鹿王向他展現了很多智慧，也揭露了不少祕密。但他所有的教誨中，最重要的依然是：**你必須學會獨自生活**。要想保護好自己、明白生命的真諦、獲得智慧，就得獨自生活。

　　「可是，」有一次，斑比反駁道，「現在，我們不一直在一起嗎？」

　　「很快就不是了。」老鹿王飛快地答道。這不過是前幾個星期的事。此刻，斑比再次想來，又突然回憶起老鹿王以「獨處」這個話題，最初跟他說過的那些話。當時，斑比還是個大叫著找媽媽的孩子，老鹿王來到他跟前，問：「你就不能自己照顧自己嗎？」

　　斑比繼續朝前走去。

CHAPTER 23

✜

　　大雪紛飛，森林又一次靜靜躺在白色的「厚毯」下。周圍只聽得見烏鴉的叫聲。偶爾，喜鵲會吵鬧一陣子，山雀也會膽小地輕叫幾聲。然後，寒霜結得更厚，周圍也更加寂靜，空中都開始冒寒氣了。

　　一天清晨，狗的吠叫聲劃破這份寂靜。

　　宏亮的犬吠聲在林間迴盪，急切而清晰。

　　斑比從樹心空洞裡抬起頭，看了看躺在身邊的老鹿王。

　　「沒什麼，」看到斑比投來的目光，老鹿王說，「不關我們的事。」

　　不過，他們還是在側耳傾聽。

　　躺在空心樹洞裡，老山毛櫸樹幹就像一片遮風避雨的屋頂。厚厚的積雪擋住寒氣，糾纏盤繞的灌木則替他們隔絕了所有好奇的視線。

　　犬吠聲越來越近。這氣喘吁吁、冷酷無情的憤怒叫聲，像是一隻小獵犬發出來的。它不斷向前、越逼越近。

　　接著，他們聽見另一個喘息聲。憤怒的犬吠聲中，還有一個低沉而吃力的咆哮聲。斑比感到不安，老鹿王卻再次安慰道：「不關我們的事。」他們靜靜躺在溫暖的樹心空洞裡，朝外觀察。

林間的腳步聲越來越近。雪從震動的枝幹落下，濺起一片雪屑。

　　一隻狐狸連滾帶爬地在雪地上穿行，越過無數根莖和枝葉。他們想得沒錯。一隻短腿小獵犬正在追那隻狐狸。

　　狐狸的一條前腿已經碎了，皮毛全翻了起來。他把受傷的爪子捧在胸前，傷口處鮮血直流。狐狸上氣不接下氣，眼裡都是害怕和疲憊。他已經憤怒到極點，也恐懼到極點，既絕望，又筋疲力盡。

　　狐狸不時轉過頭，向獵犬怒吼幾聲，嚇得對方退後幾步。

　　這下，狐狸直接坐到地上，再也跑不動了。他可憐地舉起受傷的前爪，張大嘴，磨著牙，朝獵犬咆哮。

　　但獵犬完全不停止，高亢刺耳的吠叫聲越來越渾厚低沉。「這裡，」他狂吠，「他在這裡！在這裡！在這裡！在這裡！」獵犬沒有辱罵狐狸，甚至沒跟他說話，卻不停地催促遠方的什麼人。

　　斑比和老鹿王一樣清楚，獵犬在呼喚**他**。

　　狐狸也知道。血汩汩地往外流，順著胸膛滴落，在冰雪覆蓋的地面留下觸目驚心的紅點，緩緩冒著熱氣。

　　狐狸終於再也支撐不住，那條受傷的腿無助地垂了下去。但腿剛一碰到冰冷的雪，他就感到一陣火辣辣的痛，趕快又努力抬起，顫抖著舉在胸前。

　　「放我走吧。」狐狸開口道，「放我走。」他已經非常虛弱，只能無精打采地輕聲哀求。

「不行！不行！不行！」獵犬大叫。

狐狸更加急切地哀求：「我們是親戚，可以算是兄弟！放我回家，至少讓我死在家人旁邊。你和我，我們幾乎可以算是兄弟啊！」

「不行！不行！不行！」獵犬怒吼道。

接著，狐狸突然坐直身體，帥氣的臉龐垂到滴血的胸前，抬起眼，直直盯著獵犬，完全換了另一種腔調，壓抑又怨恨地怒吼道：「你難道不覺得羞恥嗎，叛徒！」

「不！不！不！」獵犬放聲大叫。

狐狸接著說：「你這個叛徒，逃犯！」他傷殘的身體因輕蔑和仇恨而繃緊。「你這間諜，」他不屑地恥笑道，「無恥！要不是你幫忙跟蹤，**他**永遠別想找到我們。你背叛了我們，背叛了你的親人。我幾乎算是你的兄弟，你卻毫不知恥地與我為敵！」

突然，周圍響起各種聲音。

「叛徒！」喜鵲在樹上大喊。

「間諜！」松鴉尖叫道。

「無恥！」鼬鼠不屑地嗤道。

「逃犯！」白鼬怒罵。

唧唧聲、嘰喳聲、尖銳的大喊聲從每一棵樹和每一叢灌木後傳來。頭頂，烏鴉也呱呱叫著「間諜！間諜！」大家全從樹上或安全的藏身之地跑了出來，聚在地面，觀看這場鬥爭。狐狸的怒火激起了大家的共鳴。滴在雪地、冒著熱氣的血珠也讓他們發狂了，忘了要小心謹慎。

獵犬瞪著周圍的動物。「你們是誰？」他憤怒地大叫，「你們想幹什麼？你們知道什麼？又在亂講什麼？所有東西都屬於他，就像我一樣。但我愛他。我崇拜他，甘願為他效力。憑你們這些可憐的傢伙，也想與他為敵？他無所不能，比你們都厲害。我們的一切都是他給的。一切活著的生物或在土裡生長的東西，都是他的。」獵犬激動得渾身顫抖。

　　「叛徒！」松鼠放聲尖叫。

　　「沒錯，叛徒！」狐狸不屑地恥笑道，「只有你是叛徒，只有你！」

　　獵犬氣急敗壞，跳著大喊：「只有我？你撒謊！還有很多其他動物也站在他那邊，不是嗎？馬、牛、羊、雞……你們的很多同類都站在他那邊，崇拜他，為他效力。」

「都是物以類聚！」狐狸不屑地說，聲音裡都是鄙視。

獵犬再也忍不住，朝著狐狸的喉嚨撲了過去。這時，咆哮聲、謾罵聲和犬吠聲響成一片。他們在雪地裡翻滾扭打，瘋狂地撕咬著對方，皮毛翻捲，積雪飛揚，鮮血四濺。最後，狐狸敗下陣，沒多久便倒了下去，露出雪白的肚皮，抽搐著僵硬的身體，斷了氣。

獵犬搖了他幾下，任由他倒在一片狼藉的雪地裡。獵犬站在狐狸旁邊，低沉響亮地大喊起來：「這裡！這裡！他在這裡！」

　　其他動物嚇壞了，趕緊四處逃竄。

　　「太可怕了。」樹心空洞裡，斑比輕輕地對老鹿王說。

　　「最可怕的是，」老鹿王說，「所有狗都相信獵犬剛才說的那些話。他們對此深信不疑，所以一輩子活在恐懼中。他們恨**他**，也恨自己，卻甘願為**他**而死。」

CHAPTER 24

✢

　冬天仍未過去，卻已經出現一絲暖意，沒那麼寒冷了。大地吸飽融化的雪水，露出大片土壤。烏鶇雖還沒開始唱歌，但從地面找完蟲子飛起來，或拍動著翅膀，從這棵樹飛到那棵樹時，都會輕快地吹口哨。那長長的哨音，幾乎也稱得上是首歌了。偶爾，還能聽見啄木鳥鳴叫。喜鵲和烏鴉越來越饒舌，山雀也叫得更歡樂了。野雞們從窩裡直撲到地面，一邊梳理羽毛，一邊扯著金屬般嘶啞的聲音，「咯咯」叫個不停。

　某一天清晨，斑比像往常一樣四處轉轉。灰濛濛的晨曦中，他走到空心樹旁。突然，他發現樹幹那頭——也就是他曾經住過的那邊，有什麼東西在動。一隻鹿在那慢悠悠地走來走去，尋找積雪已經融化的地方，只要發現有冒出頭來的青草，就一口吃掉。

　斑比很想立刻掉頭就走，因為他已經認出那是芬妮。雖然他的第一反應是衝上前去叫她，結果卻像腳下生根一樣，一動不動。他很久沒見過芬妮了，心跳都開始加速。芬妮走得很慢，一副疲憊又悲傷的樣子。斑比痛苦又驚訝地發現：如今，她已經很像埃娜姨母，看起來一樣蒼老。

　彷彿感覺到斑比的存在，芬妮抬起頭，朝這邊望來。斑比朝前走去，卻又一次停住，猶豫間，竟然一步也走不動了。

他看見芬妮不僅變老了，毛髮也變得灰白。

「活潑可愛的芬妮，她以前多有活力啊！」斑比想。突然，整段年輕時光似乎都在眼前閃過。草地、和媽媽一起走過的小路、與戈波和芬妮玩過的快樂遊戲、友好的蚱蜢和蝴蝶、還有為了贏得芬妮的芳心，跟卡魯斯和羅納打過的那些架。斑比重新高興起來，卻又不停地顫抖。

芬妮聳著腦袋，繼續朝前走。她走得很慢，既傷心、又疲憊。那一刻，斑比心中突然又湧起滿腹愛意，溫柔而哀傷。他恨不得立刻衝過這棵將他們隔開的空心樹，追上她，跟她說話，聊聊他們的年少時光和之後發生的每件事。

他凝望著芬妮遠去的背影，看著她在光禿禿的枝葉間穿梭，直到再也看不見為止。

他在那站了好久好久，視線一直追隨著她。

突然，傳來一聲雷鳴般的巨響。斑比嚇得縮成一團。聲音發出之地離他很近，幾乎就在他身旁。

緊接著，又傳來一聲巨響，之後又是一聲。

斑比連跳幾步，竄進灌木叢，才停下來仔細聆聽。靜謐了一陣子，於是，斑比躡手躡腳地朝家裡走去。

老鹿王已經在那了。但他並沒躺下，而是充滿期待地站在那棵倒下的山毛櫸樹幹旁。

「你去哪了，怎麼走了這麼久？」他表情很嚴肅，嚇得斑比連話都不敢說了。

「你聽見那聲音了嗎？」老鹿王繼續問道。

「嗯，」斑比回答，「響了三聲。**他**一定在樹林裡。」

「當然，」老鹿王點點頭，又用異常嚴肅的口吻重複了一次，「**他**在樹林裡，我們必須過去。」

「去哪？」斑比不禁脫口問道。

「去**他**現在待的地方。」老鹿王鄭重地說。

斑比嚇壞了。

「別怕，」老鹿王繼續說，「跟我來，別害怕。我很高興能帶你去看看，告訴你……」他猶豫了一下，接著又輕輕補充了一句，「在我離開之前。」

斑比驚訝地看著老鹿王，突然發現他那般蒼老，頭上的毛髮已經全白了，面容憔悴，眼裡再也沒有從前那種深邃的光芒，顯得暗淡無光，就跟瞎了一樣。

斑比和老鹿王沒走多遠，便聞到那種令他們驚恐不已的刺鼻氣味。

斑比停下腳步，老鹿王卻筆直朝那氣味走去。於是，斑比又遲疑地跟了上去。

可怕的味道越來越濃，但老鹿王仍舊一刻不停地朝那走。斑比突然很想逃跑。這想法撕扯著他的心，在他體內沸騰不已，占據了他的整顆心。然而，斑比還是強忍著，緊緊跟在老鹿王身後。

然後，那可怕的氣味變得非常濃烈，蓋住了其他所有氣味，幾乎讓他們無法呼吸。

「**他**就在這裡。」老鹿王邊說，邊朝旁邊走去。

透過光禿禿的樹枝，斑比看見，**他**就躺在不遠處那片混亂的雪地上。

斑比心中突然湧起一股無法抗拒的恐怖情緒。他突然躍起，眼看著就要屈服於內心逃跑的慾望。

「站住！」他聽見老鹿王大喊。斑比四處觀察，發現老鹿王正平靜地站在**他**身旁。斑比很驚訝，帶著無限好奇，在期待的戰慄中，順從地走了過去。

「再過來一點，」老鹿王說，「別怕。」

他仰躺在地上，蒼白的臉光禿禿的。**他**的帽子在旁邊不遠處的雪地裡。斑比不知道帽子是什麼，還以為**他**可怕的腦袋已經裂成兩半。這個入侵者的襯衫領口敞開著，露出一道小嘴一樣的紅色傷口。鮮血慢慢滲了出來。**他**頭髮和鼻子上的血已經乾涸。地上也有一灘血，溫熱得將雪都融化了。

「我們可以站在**他**旁邊，」老鹿王溫和地說，「一點都不危險。」

斑比低頭看著那具躺在地上的身體，覺得**他**的四肢和皮膚顯得神秘可怕。那雙毫無生氣的眼睛死氣沉沉地盯著斑比。斑比覺得，眼前的這一切，自己都無法理解。

「斑比，」老鹿王說，「還記得戈波和那隻獵犬說過的話嗎。他們的觀點，你還記得嗎？」

斑比答不上來。

「你看，斑比，」老鹿王繼續說，「看見了嗎，**他**也像我們一樣，躺在這裡死掉了。聽著，斑比，**他**並不像他們說的那

樣無所不能。一切活著的東西或在地裡生長的東西，也並非來自於**他**。**他**和我們一樣，並沒有凌駕於我們之上。**他**也會感到恐懼，會有需求，會遭受痛苦。和我們一樣，**他**也能被殺死，然後無助地躺在地上，正如你現在看到的一樣。」

接著就是一片靜默。

「知道了嗎，斑比？」老鹿王問。

「但我覺得……」斑比小聲嘀咕。

「有什麼想法就說吧。」老鹿王命令道。

斑比受到鼓勵，顫抖著說：「我們之上，還有另外一個存在。那個存在凌駕於我們之上，也凌駕於**他**之上。」

「現在，我可以離開了。」老鹿王說。

他轉過身，和斑比肩並肩又走了一段路。

不久後，老鹿王停在一棵高大的橡樹前。「斑比，別再跟著我，」他平靜地說，「我的時間到了。現在，我得找個長眠之地。」

斑比很想說點什麼。

「不用了，」老鹿王卻打斷他，「什麼都別說。生命走到盡頭時，我們都是獨自一人。再見，孩子，我永遠深愛著你。」

CHAPTER 25

✣

夏天，黎明時分便十分炎熱，沒有一絲風，也沒有往常清晨的涼意。太陽升起來了，速度似乎比平常還快，像把大火炬般發出耀眼的光芒。

草地和灌木叢中的露珠轉眼就蒸發了。土壤非常乾燥，一塊塊裂了開來。清晨，森林還是一片靜謐，只聽得到啄木鳥偶爾發出的「督督」聲，或鴿子熱切溫柔、不知疲倦的「咕咕」聲。

斑比站在灌木叢中那窄小的空地上。

溫暖的陽光下，一群蚊子在他腦袋旁「嗡嗡」跳著舞。

斑比身旁的榛樹叢裡，一隻大金龜子「嗡嗡」低叫著，從裡面爬出來，慢悠悠飛走了。他飛入蚊群，接著一路往上，飛到樹梢。他打算就在那過夜，於是熟練地闔上鞘翅，有力地震動起雙翅。

金龜子飛過時，蚊子紛紛給他讓路，之後又聚到一起。金龜子「呼呼」拍動的翅膀泛著晶瑩的微光，暗褐色的身體在陽光下一閃而過。

「你看見他了嗎？」蚊子互相問道。

「那是老金龜子。」一些蚊子「嗡嗡」著說。

還有一些說：「他的所有後代都死掉了。只有他還活著，只有他。」

「他還能活多久？」幾隻蚊子問。

其他蚊子回答：「不知道。他有些後代活了很長時間，好像永遠都不會死……他們見過三、四十次日出，我們也不知道具體是多少次。我們已經夠長壽了，但也只能見到一、兩次黎明而已。」

「老金龜子到底活了多久？」幾隻小蚊子問。

「他是家族裡活得最久的金龜子，跟群山一樣老，他見過和經歷過的事情，多得超乎我們的想像。」

斑比繼續朝前走。「嗡嗡叫的蚊子，」他想，「不過是些嗡嗡叫的蚊子！」

一陣細微而驚恐的叫聲傳入他耳中。

斑比聽了一下，又走近了一點。他的腳步無比輕柔，穿梭在最茂密的灌木叢中，也不會發出任何聲響。很早以前，他便掌握了這項本領。

那聲音又傳了過來，顯得更加急切、更加悲傷。是小鹿在哭著大叫：「媽媽！媽媽！」

斑比循著呼喚聲，毫無聲音地穿過灌木叢。兩隻小鹿並肩站著，看起來應該是兄妹倆。他們一身紅色皮毛，神情沮喪。

「媽媽！媽媽！」他們呼喚著。

他們還沒發現時，斑比已經站到他們眼前。兩隻小鹿呆呆地望著他，驚訝得一句話都說不出來。

「你們的媽媽現在沒空照顧你們。」斑比嚴肅地說。

他看著哥哥的眼睛，問：「你就不能自己照顧自己嗎？」

兄妹們都沉默了。

斑比轉過身，又毫無聲音地走進灌木叢。兩隻小鹿還沒明白發生了什麼事，他已經消失了。斑比繼續朝前方走著。

「我很喜歡那個小傢伙，」斑比想，「或許，等他長大一點，我還會來見見他⋯⋯」

斑比走啊，走啊。「那隻小母鹿也很可愛，」他想，「芬妮小時候，也是那麼可愛。」

斑比繼續往前走，漸漸消失在森林中。

Fairy Tale 幻想之丘 04
小鹿斑比 Bambi, a Life in the Woods

作　　者　費利克斯‧薩爾登
譯　　者　梅靜
封面、插圖繪製　Agathe Xu
封面設計、內文排版　張新御
副總編輯　林獻瑞　**責任編輯**　李岱樺

社　　長　郭重興　**發行人**　曾大福
業務平台　總經理／李雪麗　副總經理／李復民
　　　　　實體暨網路通路組／林詩富、陳志峰、郭文弘、賴佩瑜、王文賓、周宥騰、范光杰
　　　　　海外通路組／張鑫峰、林裴瑤
　　　　　特販通路組／陳綺瑩、郭文龍
　　　　　印務部／江域平、黃禮賢、李孟儒
出 版 者　好人出版／遠足文化事業股份有限公司
　　　　　新北市新店區民權路 108 之 3 號 6 樓
　　　　　電話 02-2218-1417#1260　傳真 02-2218-0727
發　　行　遠足文化事業股份有限公司　新北市新店區民權路 108 之 4 號 8 樓
　　　　　電話 02-2218-1417　傳真 02-8667-1065
　　　　　電子信箱 service@bookrep.com.tw　**網址** http://www.bookrep.com.tw
　　　　　郵撥帳號 19504465 遠足文化事業股份有限公司
　　　　　讀書共和國客服信箱：service@bookrep.com.tw
　　　　　讀書共和國網路書店：www.bookrep.com.tw
　　　　　團體訂購請洽業務部 (02) 2218-1417 分機 1124
法律顧問　華洋法律事務所　蘇文生律師
印　　製　中原造像股份有限公司

出版日期　2023 年 2 月 20 日 初版一刷
定　　價　500 元
I S B N　9786269689262（精裝書）
　　　　　9786269689279（電子書 PDF）
　　　　　9786269689286（電子書 EPUB）

國家圖書館出版品預行編目 (CIP) 資料

小鹿斑比 / 費利克斯.薩爾登作；梅靜譯 . -- 初
　版 . -- 新北市：遠足文化事業股份有限公司
　好人出版：遠足文化事業股份有限公司發行，
　2023.02
　176 面；14.8*21*1.7 公分 . -- (Fairy Tale 幻想之丘；4)
　譯自：Bambi, a life in the woods.
　ISBN 978-626-96892-6-2(精裝)

882.2596　　　　　　　　　　　111022331

讀書共和國出版集團
BOOK REPUBLIC PUBLISHING GROUP